조미순
수필집

구부러진 못

조미순
수필집

구부러진 못

연암서가

조미순

동아대학교 대학원 문예창작학과를 졸업하고, 2000년 『에세이문학』 추천
으로 등단하였다. 울산문인협회 회원, 울산수필 회원, 에세이부산 회원으
로 활동하고 있다. 2009년 『울산문학』 올해의 작품상을 수상하였다.

조미순
수필집

구부러진 못

2018년 11월 10일 초판 1쇄 인쇄
2018년 11월 15일 초판 1쇄 발행

지은이 | 조미순
펴낸이 | 권오상
펴낸곳 | 연암서가

등 록 | 2007년 10월 8일(제396-2007-00107호)
주 소 | 경기도 고양시 일산서구 호수로 896번지 402-1101
전 화 | 031-907-3010
팩 스 | 031-912-3012
이메일 | yeonamseoga@naver.com
ISBN 979-11-6087-041-1 03810

값 13,000원

* 본 사업(자료/도록)은 울산문화재단 2018 예술창작 발표지원 사업의 일환으로 개최
  (발간/제작)되었습니다.

책머리에

곳간을 비웁니다.

게으름 탓에 관리를 잘 못했던 곳간의 문을 열고 열아홉 해 만에 치워 봅니다.

손을 대면서 걱정이 많습니다. 곳간 속의 것들을 너무 오래 방치해 둬서 쓸 만한 게 있는지, 양은 얼마나 되는지, 그리고 안쪽의 것들을 바깥으로 끌어냈을 때 드러나 보일 흠 때문에 부끄러운 마음입니다.

하나, 둘 따로 보았을 때 몰랐던 사실들이 한꺼번에 꺼내 놓고 보니 눈에 띕니다.

못난 딸 노릇밖에 못하면서 사모곡을 많이도 불렀습니

다. 그리고 소소한 주변의 이야기와 가족사에 머물러 버린 소재들로 퍼즐 맞추기 하듯 작품 수를 채워 놓은 게 소박하기 이를 데가 없습니다.

그래도 한 번쯤은 묵은 것들을 정리하고픈 마음에 수필집 『구부러진 못』 출간을 욕심냈음을 고백합니다.

제가 글을 써오는 동안 바람이 있었다면 저만의 방을 갖는 것이었습니다.

지지난해 늦봄 문수산 밑 마을로 이사를 하면서 저는 드디어 제 방을 소유하게 되었습니다. 책장을 천장 높이까지 짜 넣은 방에서 책의 바다를 유영하며 좋은 글을 쓰고 싶었는데 아직 잘 되지 않고 있습니다.

요즘 그런 생각을 합니다. 하나가 채워지면 다른 한 군데에 구멍이 생기면서 늘 그만그만한 상태를 유지하게 되는 게 삶이 아닌가 하구요.

저는 한동안 자주 방을 비웠습니다. 아버지께서 급성 혈액종양으로 투병하시다 돌아가기까지 몇 개월, 무릎수술로 제가 몇 주나 병원에 입원을 하고, 어머니의 병환이 잦아지면서 입원과 퇴원을 반복하시는 이즈음입니다. 바쁘게 사방으로 뛰어다니느라 방을 잊고 지낼 때가 많습니다. 모든 건 때가 있으니 다시는 환경을 핑계로 차일피일하는 삶을 살지 않겠다는 다짐을 합니다.

깊어가는 가을입니다.

얼른 안동에 다니러 가고 싶습니다. 구급차를 타고 고향을 떠났던 어머니께서 간신히 위기를 넘기고 돌아와 계십니다. 건강이 예전만 못하시지만 다시 볼 수 있어 얼마나 기쁜지 모르겠습니다.

제 작품집을 오래 기다려 오신 어머니께 작은 효도를 할 수 있어 무엇보다 행복합니다.

어머니, 사랑합니다.

2018년 늦가을
조미순

차례

1부

숨

숨

생명의 봄은 짠하다. 어린 벌 한 마리가 일하러 나왔다가 다리에 화분(花粉)을 잔뜩 묻힌 채 바닥으로 떨어진다. 당황스런 날갯짓을 거듭할수록 몸은 흙고물로 범벅이 된다. 돕고 싶지만 방법을 몰라 우두커니 서 있다. 몇 분쯤 지났을까? 녀석에게서 더 이상의 움직임이 없다. 숨이 떨어진 순간 사물로 전락해버린 벌을 바람이 달려와 무심히 끌고 간다.

벌의 숨결이 잠시 머문 자리가 내 마음엔 아직도 물기어린 흔적인데 길바닥에는 쓰레기만 뒹군다. 사람의 일생이 왔다가 간 자리도 쉬 지워지는 건 이와 마찬가지일 테지. 언젠가 지인이 농담처럼 한 말이 있다. "너와 내가 없어도 지구는

변함없이 돌아갈 거라는 사실이 슬프지 않냐?" 나는 "잊힌다는 건 아프다"고 답했다.

간밤에 읽은 김훈(소설가)의 수필 「목숨」에서 작가는 그랬다. "인간은 보편적 죽음 속에서 그 보편성과는 사소한 관련도 없이 혼자서 죽는 것이다. 모든 죽음은 끝끝내 개별적이다." 생명이 태어난다는 건 바로 그 순간부터 마지막을 향해 한 걸음씩 다가가는 일임을 누구나 알고 있지만 '끝끝내 개별적'이라는 표현이 너무 쓸쓸하다.

한 사람의 생이 끝난다는 건 개별적일 수 있으나 그 존재로 인한 슬픔까지도 간단히 그렇다고 동의할 수는 없을 것 같다. 올 봄 어머니가 들려준 새 이야기에서 가족들이 그리움의 우물물을 퍼 마시고 있었음을 확인하며 더욱더.

구정(舊正) 무렵 시작된 참나무 벌목은 두 달 간 지속되었다. 남의 손을 살 경제적 여유가 없어 노모와 오십대의 아들 삼형제가 그 일을 해냈다. 표고목으로 쓰기 위해 일 미터 이십 센티미터 정도로 잘라낸 나무는 무거웠다. 백 킬로그램이 넘는 것도 적잖다. 한 사람이 산비탈서 전기톱으로 나무를 잘라 내면 옆에서는 그걸 산 아래로 옮겼다. 마지막 사람이 트럭에 나무를 실어 한 차가 채워지면 농장으로 운반했다. 하나같이 고된 작업이었다.

　나무를 옮기는 과정에서 허리를 삔 오빠가 일손을 쉬게 되자, 동생들의 일 부담이 커졌다. 어머니는 새벽부터 간식과 식사를 준비해 현장에 동행했다. 모자와 머플러, 장갑까지 챙겨 야무지게 방한(防寒)을 한다지만 기온이 영하로 내려간 숲속에서 노인이 장시간 버틴다는 건 쉽지 않은 일이었다.

　감기에 걸릴까봐 집에 계시라고 해도 고집을 꺾지 않았다. 언 손으로 전기톱을 들고 나무를 베다 보면 감각이 둔해져 톱날에 다칠 수도 있고, 부러져 내리는 나무나 나뭇가지도 위험했다. 노모의 속내는 일터에서 잔소리꾼의 역할을 하려는 거였다. 조심하라는 당부를 하고 또 하면서 보온병에 담아간 차라도 건네 아들들의 한기(寒氣)를 덜어 주고자 애썼다.

　버섯 재배장 일도 다른 농사처럼 때가 있다. 참나무에 버섯 종균을 넣는 작업은 나무를 벌목한 해 봄에 한다. 종균을 넣은 후 십팔 개월쯤 지나면 표고버섯이 생산된다. 나무 굵기에 따라 이 년에서 육 년 가량 버섯이 나온다. 버섯농사에 참나무가 필수적이니 벌목 작업은 고되어도 견뎌내야만 하는 노역이다.

올겨울 나는 일기(日氣)에 관심이 많았다. 눈이 내린다거나 한파가 온다는 예보를 들으면 어김없이 시골로 전화했다. 눈길이나 빙판길에 차가 미끄러질까봐 걱정이 컸다. 일 톤 트럭으로 백 차의 나무를 실어 날라야 얼추 일이 마무리된다고 했는데 달력이 삼월로 넘어갔을 때도 일은 진행 중이었다.

"전기톱 소리가 들리자 그놈이 또 날아왔어. 오늘은 땅바닥에까지 내려앉더라."

배 부분이 희고 얼굴 주변은 붉은색 깃털의 새 이야기를 들었다. 어머니는 나무 베는 작업이 시작될 무렵부터 끝나는 날까지 작은 새가 찾아들었다고 했다. 아침에 산에 올라 전기톱을 쓰면 기다렸다는 듯이 날아와 일터를 맴돌았다. 처음엔 우연인가 했다가 녀석이 매번 출석하자 노모는 차츰 녀석을 기다리게 되었다. 새가 가까운 나뭇가지에 앉아 꼬리를 까딱대면 다들 일손을 멈추고 웃음꽃을 피우곤 했다.

산을 옮겨 다녀도 새가 왔다. 어머니가 녀석에게 의미를 두기 시작했다. 새를 가까이서 보니 폐백 때 화장한 언니 모습과 닮았다며, 죽은 딸을 떠올렸다. 가족들이 위험한 일을 하니까 영혼이 새가 되어 지켜 주는 것 같다고 여기기 시작했다. 나 역시 새 얘기를 듣고 언니의 환생이 아닐까라는 어처구니없는 상상의 나래를 폈다. 윤회의 수레바퀴를 돌려서라도 보고팠던 가족에 대한 그리움이 은연중에 한 곳으로 집중되었다. 낯선 새는 누이가 되고, 어미의 딸이었으며, 내 언니로 가슴에 들어앉았다.

벌목이 마무리된 뒤 버섯 종균 넣는 일을 도우러 시골농장에 갔다. 사진으로만 보던 새의 안부를 물었다. 산을 떠난 뒤 농장까지는 따라오지 않았다고 했다. 호기심을 채울 길 없어 아쉬웠지만 고되고 위험한 벌목 일이 새의 방문으로 즐거운 노동이 되었다면 그것으로도 충분한 선물이었다.

노모가 새에게서 언니를 봤다는 건 마음에 묻어둔 아픈 상처를 열어 보인 것이다. '부모 형제 가슴에 못 박고 떠난 년'이라며 아무도 무덤을 찾지 말라던 당시 어머니의 엄명. 스물네 해가 흐른 뒤에야 어머니를 묘지로 안내하게 된 건 그 말을 곧이곧대로 믿어버린 순진함 때문이었다. 맏딸의 쉼터를 모르니 누군가가 데려다 주길 묵묵히 기다리며 얼마나 답답했을까.

비바람에 풍화된 묘비를 딸인 양 보듬으며 오열하는 어머니를 보고 있기 힘들어 돌아섰다. 산등성이를 따라 빼곡하게 들어찬 묘가 눈앞에 펼쳐졌다. 관리실에서 묘지석 번호를 알아낼 수 없었다면 성묘를 할 수 없었을 만큼 똑같은 묘역. 공원묘지엔 우리처럼 망자를 찾아온 이들이 꽃을 놓거나 술을 올리는 모습이 보였다. 그리움이 만들어 내는 풍경들. 한 인디언 부족의 기도문 「천 개의 바람이 되어」에 나오는 가사가 순간 스쳐갔다.

"······ 나는 그곳에 없어요./나는 잠들어 있지 않아요./제발 날 위해 울지 말아요./나는 천 개의 바람 천 개의 바람이 되었죠./저 넓은 하늘 위를 자유롭게 날고 있죠······."

노랫말이 가슴을 울렸던 기억이 되살아난다. 삶을 떠난 누군가가 보고플 때 한 줄기의 빛으로, 새들의 지저귐으로, 반짝이는 흰 눈으로, 어둠 속 별빛이 되어 함께 있다고 믿는다면 더 이상 슬프지 않을 것 같다.

눈물을 닦으며 돌아서는 어머니의 옷자락이 펄럭댄다. 백발을 흩뜨려 놓는 바람의 손길이 거칠다. 가지 말라고 떼를 쓰는 언니의 손길인가.

다시 오마,

또 올게,

차량에 오르고 난 뒤에도 잦아들지 않던 바람이 뒤에서 오래 울었다.

라디오를 켜놓고

전등을 끄고 길었던 하루를 눕힌다. 새벽 2시다. 아침 일찍 아쿠아로빅 수업에 가려면 눈을 붙여야 하는데 애를 쓸수록 의식이 명료하다. 어둠을 더듬어 스위치를 켠다. 한꺼번에 쏟아지는 빛의 폭포수에 흠뻑 젖는다. 책을 집어 든다. 안톤 체호프의 『귀여운 여인』이다. 독서로 잠을 불러 볼 요량이다.

주인공 올렌카는 항상 누군가를 사랑하지 않으면 살 수 없는 여인이다. 사랑하는 사람과 자신을 일치시켜 그의 관심이 곧 그녀의 관심이 된다. 상대방에 동화되어 희생한다는 의식 없이 사랑을 베푸는 모습이 펼쳐진다. 무작정 상대방에게 맞춰 가며 그걸 행복이라 여기는 자기 정체성 없는 여자가 답답해 보인다. 왜 '귀여운 여인'이란 제목을 붙였는지는 나중에 알아보기로 하고 책을 덮는다. 머리맡 라디오로 팔을 뻗는다. 클래식 음악을 틀어주는 주파수에 맞춘다. 입맛 돋게 하는 호떡 같던 새벽달이 숨어버려 창밖이 허전하다. 이 시간, 선배도 깨어 있을까 안부를 묻는다.

"골동품이지만 소리는 잘 나와. 늘 켜 두지."

주방 입구에 놓인 작고 까만 라디오는 적막한 집안에 생기를 불어넣는다. 남편과 자녀의 빈자리를 채워 주는 소리의 반려(伴侶)다. 눈과 영혼을 맑게 하는 짝꿍들도 있다. 영화 CD가 거실 벽면 절반을 차지하고 있어 그녀가 영화광임을 알린다. 거실, 안방, 다락방과 계단에까지 책이 쌓여 있다. 내가 그녀를 알아가면서 영화와 독서가 취미 이상의 동반자 역할을 하고 있음을 본다. 꿋꿋하게 홀로서기를 하면서도 흔들림 없는 그녀 모습이 큰 나무 같다.

여러 해 전 모 문예지 편집 일을 하면서 안면을 튼 그녀의 첫인상은 강했다. 하얗게 센 머리를 고무줄로 단정히 묶은 50대 후반의 여성으로 곱고 차분한 목소리가 천생여자였다. 하지만 굵게 쌍꺼풀진 눈엔 총기가 서렸고 조리 있는 말솜씨에 '보통이 넘겠다'란 생각이 들었다.

3년 동안 동인들의 원고를 읽고 교정하며 만나 왔다. 내가 책을 좋아하는 걸 알고 정보를 주며 폭넓은 독서로 이끌었다. 그녀는 밤을 꼬박 밝히며 독서하는 경우가 적잖다. 몰입하다 보면 날이 밝아 오곤 한다고 했다. 책에 관한 한 돈을 아끼지 않는 선배, 그녀의 독서 목록은 재미보다 지식 쪽이라는 점에서 나보다 한 수 위다. 만날 때마다 "무슨 책 읽고 있어?" 하는 질문을 빠뜨리지 않는다. 꾸준히 공부하는 자세를 가지라는 듯해서 고맙다.

　선배 덕분에 영화를 보기 시작했다. 영화를 좋아해 해마다 부산국제영화제 기간 동안 원 없이 영상에 빠져 있다가 돌아온다는 그녀. 어느 해인가 영화 3편을 이어서 본 날, 몸에서 떨어져 나간 머리가 먼저 둥둥 떠가는 느낌에 당황스러웠다며 웃었다. 지방 상영관에서 보고 싶은 영화를 개봉하지 않으면 서울까지도 간다. 함께 본 영화가 많진 않으나 레오나르도 디카프리오가 열연한 〈위대한 개츠비〉는 책을 재독(再讀)하게 했다. 개츠비의 데이지를 향한 사랑, 그 지독하고 어리석은 열병이 내 마음을 아프게 했다. 책을 덮고서도 한동안 여주인공을 향한 분노로 혼잣말을 하곤 했다. "데이지……, 너 정말 나빠. 그러는 거 아니야."

남편과 사별하고 열 살 전후의 삼남매를 홀로 키운 그녀다. 문화센터에서 글쓰기 강사로 활동하며 자녀들을 반듯하게 키웠다. 현재 그녀는 단독주택을 세놓고 살면서 훌쩍 떠나고 싶을 때는 주저하지 않는다. 배낭을 메고 산으로 향하다가 제주행 비행기가 보이면 섬으로 가고, 무작정 시골마을로 들어가는 버스를 탈 때도 있다. 풍경이 시선을 잡고 놓지 않으면 거기가 종점이다. 그 마을서 잠잘 곳을 수소문하면 인심 좋은 촌로들이 자기 집으로 이끈다고 한다. 백발의 여인끼리 자식 얘기 나누다 잠들 때도 있고, 창고방이거나 노인정 한켠이 쉼터가 될 때도 있지만, 다리만 뻗을 수 있어도 천국이라는 그녀다. 모난 돌길을 맨발로 걷듯 살아온 여정을 나름으로 치유하며 달리는 그녀에게 오늘도 난 "파이팅!"을 외친다.

잠이 오지 않아 라디오를 켜 놓은 밤 생각의 파도가 철썩인다. 만약 나였다면 가족의 생계와 육아라는 태산을 지고 책임을 완수할 수 있었을까? 약한 의지가 평생의 고민인 나는 삶의 중턱쯤에 꼬꾸라져 절망의 늪을 헤매고 있을 것 같다. 그래서 벅찬 삶을 자신의 화폭에 야무지게 채워 나가는 그녀가 멋져 보인다.

남편이란 울타리에 기댈 수 있어 안심이 된다. 주야간 교대근무를 하며 지낸 남편의 30년 세월, 내년엔 퇴직이다. 퇴직 후의 삶이 만만찮은 씨름 한 판이 될 걸 알기에 요즘 그의 낯빛이 어둡다. 그래서 나는 텃밭 딸린 시골집을 사서 소박하게 살자고 농담 같은 진담으로 남편의 마음을 보듬는다.

　사실 가장의 자리란 신화 속 시시포스가 끊임없이 돌을 언덕으로 밀어 올리는 형벌처럼 무겁다. 이 책임감은 가족에 대한 사랑의 표현이기에 숭고하고 아름답다. 하지만 어느 순간 수고를 멈출 수 있을 때 그 여유를 즐겼으면 한다.

　전등을 끄고 누워 라디오 소리를 줄인다. 그리고 홀로 중얼거린다.

　"카르페 디엠(Carpe Diem)."

　어떤 상황에 놓이더라도 그 순간을 즐길 수 있다면 행복해진다고 남편에게 말해 주고 싶다. 나 또한 그렇게 살고 싶은 마음이다.

나무, 초록으로 눕다

누구의 간절함이 닿았을까요? 긴 기다림 끝에 비가 내립니다. 봄날의 설렘과 여름날의 무성함, 가을날의 열정을 비워내고 북풍에 우우 일어서려던 나목들의 몸짓을 달래는 단비입니다. 아직도 메마른 숲길에선 뿌옇게 가루진 흙이 등산화에 올라앉았습니다. 땅 위로 드러난 나무뿌리들이 다리를 뻗어 힘겹게 흙을 잡고 있지만 버틸 힘이 부족해 보입니다. 그 뿌리의 떨림이 내게도 전해집니다.

　사계절 산을 찾는 사람들 중엔 흙이 쓸리고, 깎여 뿌리가 드러나는 것을 자연스럽게 여기는 이도 있습니다. 등산로 정비작업으로 나무들이 잘려나가도 애잔해 하기는커녕 무덤덤합니다. 나무 그루터기를 밟고 지나가거나 무심하게 툭 툭 찹니다. 방해물로 남은 나무의 잔해들을 못마땅하게 여기는 거지요.

자연을 눈에 담고자 산에 오르지만 병사(病死)한 소나무의 무덤은 눈살을 찌푸리게 합니다. 소나무재선충병으로 벌목되어 제 섰던 자리가 무덤이 된 나무들. 원목줄기 토막 집재(集材) 후 농약을 뿌리고 방수포를 씌우고선 '이동불가'란 엄명을 내렸습니다. 차라리 아궁이에서 활활 타며 소신공양할 수 있었다면 얼마나 좋았을까요? 애벌레의 먹이가 되고, 부화(孵化)의 장이 되고, 비 맞고 눈 맞아 조금씩 분해되어 가면서 산을 기름지게 할 수 있었다면 억울하진 않을 것 같습니다.

방수포 위로 빗방울이 후두둑 떨어지기 시작한 후에야 나무는 한바탕 서러움을 풀어냅니다. 살아서 사철 푸르던 소나무에게 초록색 방수포를 씌워 준 얄팍한 위로에 자존심이 상했던 것일까요? 빗속을 산행하는 이는 별로 없을 테니 방수포 밑으로 흘러내리는 눈물을 이해할 리 없겠지요.

빗줄기를 바라봅니다. 겨울비가 오는데 내 마음이 왜 따뜻해 오는 걸까요? 문수산 아랫마을에 터 잡고 산 지 아직 1년이 안 되는 나입니다. 반평생 이사를 다니며 품어온 바람은 산에 이웃해 살며 마음껏 산을 누리는 거였지요. 환갑 머잖은 나이에 그 소망이 이루어져 얼마나 좋은지 모르겠습니다. 바다를 싫어하는 만큼 산을 좋아한다고 말하면 막연한 비유일까요? 내게 바다는 크고 푸른색 액자로 그냥 바라보는 대상이지요.

산에 대한 마음은 다릅니다. 떠나간 첫사랑 같은 채워지지 않는 그리움……, 뭐 그 비슷한 감정입니다. 등산을 한다고 해봐야 평균 2시간이 한계고 그것도 매일 오르내리지는 못합니다. 부끄럽지만 체력이 안 되는 걸요. 하지만 마음은 늘 산을 알뜰히 품고 그 주변을 서성입니다.

사실 감사해하고 있는 겁니다. 하루하루 내가 얻는 것들, 특히나 산길을 걸을 때 자연은 나로 하여금 행복감으로 차오르게 합니다. 일상에서 잃어버린 꿈들이 은색 비늘을 반짝이며 숲 위를 비상할 때, 나는 그 비늘 하나하나를 가슴에 지니고 내려와 일기장에 붙입니다. 잊지 않으려는 몸짓이지요. 꿈이 구체화될 때까지 나 자신과 대화하며 힘을 내겠다는 다짐이기도 합니다.

모든 걸 다 주고도 침묵하는 숲은 셸 실버스타인의 『아낌없이 주는 나무』를 생각게 합니다. 한 소년을 사랑한 사과나무는 그네가 되어 주고, 등에서 놀게 해주고, 그늘과 열매를 내어주지요. 그러면서 행복해합니다. 훗날 어른이 된 뒤에 뜬금없이 찾아와 돈과 집과 배의 필요성을 이야기할 때도 나름 최선을 다해 선물을 준비합니다. 팔면 돈이 될 사과와 집 지을 나뭇가지와 배로 쓸 원줄기까지 기꺼이 줍니다. 그런데 받는 이는 한없이 주고자 하는 나무의 마음에 무심합니다. 그루터기만 남은 나무에게 돌아왔을 때도 그랬지요. 늙은 몸을 쉴 생각뿐이었습니다.

예전엔 책 속 사과나무와 소년 이야기가 부모님의 사랑을 의미화한 거라고만 여겼습니다. 그런데 산 가까이에 둥지를 틀면서 깨닫게 된 게 있지요. 자연에 대한 인간의 이기심을 풍자했다는 사실 말입니다. 사과나무에게서 받기만 하는 존재, 나무 그루터기에 앉은 무심한 노인이 바로 '나' 같은 사람임을 말한다는 걸 알고 꽤 당황합니다.

등산로 주변의 나무그루터기들을 봅니다. 거대한 뿌리를 드러내 보이며 흙을 잡고 있는 강건한 손길을. 비에 쓸리는 산자락을 지키려 미라가 된 채 땅에 뿌리를 굳건히 박고 있습니다. 나무 스스로가 왜 그래야 하는지도 모른 채 산 지

킴이가 된 것처럼 사람들은 그 뿌리의 너른 품을 영원히 깨닫지 못할지도 모릅니다.

　간벌 후 숲의 나무들은 멀어진 거리가 안타까운 듯 서로를 향해 가지를 뻗습니다. 마치 가까운 이의 손이라도 잡고 싶은 듯 느껴져 애틋합니다. 이 비 그치면 벌목꾼들은 남은 작업을 할 것입니다. 연일 산에서 들리는 전기톱 작업 소리가 멈추는 날, 아픈 소나무들이 더 이상 없다는 뜻이 되겠지요. 그 순간이 빨리 오기를 기대합니다. 빗물에 섞인 나무들의 눈물을 더는 보고 싶지 않습니다. 우산을 놓고 단물이 뚝뚝 흐르는 빗물에 나를 맡깁니다. 겨울비에서 훈기가 느껴지는 건 정말 이상한 일입니다.

집게의 꿈

바닷가재와 게의 중간 형태를 하고 있는 집게는 배 부분이 말랑말랑해 소라나 고둥 등의 껍질 안에 배를 넣고 산다. 그러다 몸이 자라면 새집을 구한다. 비어 있는 소라껍데기를 찾아 올라타고 상태와 구조, 몸의 크기와 잘 맞는지 알아보고 큰 집게발로 모래 따위를 꺼내는 청소를 한다. 그 후 새집에 배를 넣고 등에 지면 이사가 끝난다.

　인간도 집게처럼 집에 집착한다. 예전에 평균 열 번은 이사해야 자기 집을 가질 수 있다는 통계를 본 적이 있다. 어렵게 내 집을 갖게 된 다음엔 더 크고 멋진 집을 향한 집념이 고개를 든다. 병을 앓거나, 사고, 사업이 망하는 등의 문제가 없고 부지런히 노력한다면 소망하는 집에 가까워진다. 보다 큰 것, 좋은 것을 추구하는 인간의 욕망이 밑 빠진 항아리 같아 만족감까지 비례한다고는 볼 수 없겠지만 말이다.

최근에 집을 옮겼다. 무리를 해서라도 '마당 있는 집'으로 갈 수 있지 않을까 하는 기대를 품었다. 하지만 옮긴 곳은 역시 또 아파트였다. 평수를 10평이나 줄인 이사. 퇴직이 눈앞이라 집값에 돈을 추가하는 건 노후 대책이 될 수 없고, 자녀들 결혼하고 둘만 남았으니 관리비라도 아끼자는 게 남편의 취지다. 흙을 밟으며 살고자 하는 바람은 나이를 먹을수록 간절해지는데 감상에 빠질 때가 아니라는 현실이 서운하다.

"요즘은 시골에 집 사서 수리해 들어가 사는 이들이 꽤 있더라."

남편의 기분을 살펴 슬쩍 집 얘기를 꺼내본다. 돌아온 답변이 정곡(正鵠)을 찌른다. 걸핏하면 아프다는 사람이 어쩌려고 촌으로 들어가려 하느냐, 나이가 들수록 도시의 병원 가까운 곳에 살아야 한다는 설명이 나무람 투다. 차 있고 운전할 줄 아는데 괜한 걱정이며, 자연 속에 살면 앓던 병이 사라진다더라고 주절주절 얘기를 끌어간다. 신문 넘기는 소리만이 대답을 대신한다. 집에 관한 문제라면 자신의 판단만이 최선이라 여기는 벽 같은 사람, 속상하고 무안해서 자리를 박차고 일어난다.

어쩌면 기회가 될 수도 있겠다 싶은 경우의 수가 생겼다. 남편과 나는 TV 보는 취향이 다르다. 종일 시사 프로그램이나 스포츠를 틀어 놓는 그와 다큐멘터리나 영화를 좋아하는 나는 서로 시간을 안배해 TV를 본다. 그러다 우연히 같은 프로를 흥미롭게 시청하며 대화를 나누었다.

'나는 자연인이다'는 도시를 떠나 사는 사람들의 이야기다. 자연으로 돌아가고 싶어 하는 현대인들에게 힐링과 참된 행복의 의미를 전하고자 제작되었다고 한다. 중년 이상의 연령층에 인기라는 통계, 방송의 영향으로 산에 들어간 열혈 시청자들이 나올 정도다. 산중에 사는 사람들은 자연이 좋아 깊은 산속이나 산골 오지에 둥지를 틀기도 하지만 질병, 이혼, 사업실패, 사람으로 인한 상처 등으로 도시를 등지기도 한다.

자신이 키운 채소며 과일과 가축, 숲이 선물하는 것들로 연명하며 그날그날의 삶에 만족하는 사람들. 평온해 보이는 표정에 나는 부러움을 느낀다. 물론 카메라가 비추는 게 다는 아니겠지만 몇 년에서 몇 십 년을 산속 외딴 곳에서 지낸다는 건 특별한 선택이며 용기가 필요해 보인다.

그들처럼은 아니어도 부부가 함께라면 전기가 들어오지 않고 아궁이에 불을 때는 삶도 살아 볼 용의가 있다고 나는 말하곤 한다. 남편의 답은 신중하다. 둘 중의 하나는 먼저 세상을 떠날 텐데 혼자가 되면 다시 도시로 나와 살아야 하지 않겠냐고 한다. 남이 사는 걸 볼 땐 낭만적이지만 막상 현실은 다를 수 있어 자연인처럼 살아낼 자신이 없다고 속내를 드러낸다. '외딴 산골이 아니라 시골 마을로 들어가 사는 거라면 다르지 않을까?' 이 말을 꺼내고 싶었지만 그냥 한걸음 물러나기로 한다. 완전 거부는 아닌 남편의 본심을 확인했으니 그것만으로도 수확이다.

『월든』의 저자 헨리 데이비드 소로는 매사추세츠 주 콩코드 마을 숲으로 들어가 2년 2개월을 지낸다. 손수 오두막을 짓고 필요한 것들의 대부분을 자급자족한 인물이다. 그는 사람이 살아가는 데 필요하거나 소용되는 것들이 많지 않다고 한다. 만약 힘들다면 욕심 때문이라는 것이다. 효모가 없어도 빵을 구울 수 있고, 소금을 먹지 않으면 물을 적게 먹게 되어 좋으며, 쌀이 없으면 호밀이나 옥수수를 갈아서 먹으면 된다는 그다. 가구가 없어도 호박에 앉게 되지는 않을 융통성이 인간에게는 있으며, 1분에 1마일을 달려오는 말 탄 사람이 중요한 소식을 갖고 오는 건 아니란다. 걱정하고 조바심하며 살 필요가 없다는 의미로 나는 읽는다. 소박하고 현명하게 산다면 삶이 일종의 놀이라는 소로. 불편함을 즐긴다는 점에서 자연인의 삶과 닮았다.

소로는 욕망과 허영이 투사되면 사람이 오히려 집의 노예로 전락한다고 본다. '사람들은 집이라는 크고 화려한 상자 속에 살기 위해 인생의 절반을 고스란히 바치며, 스스로를 도구화한다.'고 그는 말한다. 손가락으로 꼽을 수 없을 만큼 이사를 해오는 동안 '크고 화려한 상자'를 향한 꿈이 늘 꿈틀댔다. 최근의 이사에서 '마당 있는 집'을 원한다고 에둘러 표현했지만 기왕이면 멋진 외관까지 갖춘 집이었으면 했다. 하지만 직장 생활의 마무리라는 현실에 제동이 걸린다.

현재의 아파트 생활도 아쉬울 게 없지만 촌집에 몸담아 살고픈 꿈을 품는다. 마당 한켠에 텃밭을 가꾸고, 해가 잘 드는 곳에 장독대를 만들어 장을 맛나게 익히고 싶다. 흙 마당에 빨랫줄을 매 이불이며 옷가지를 널고 바지랑대를 높이 받쳐 햇볕과 바람을 머금게 하고 싶다. 그렇게 말린 옷에서 나는 새물내가 그립다. 쪽마루에 앉아 삶은 감자며 옥수수를 이웃과 나누며 진종일 수다를 떨어도 좋을 것 같다. 황혼의 풍경이 이와 같았으면 한다.

집게의 꿈은 소박하다. 커져 가는 몸에 맞춰 집을 바꾸는 행위가 생존을 위한 선택인 만큼 나의 결정에도 욕심이 비워진다면 작은 여유가 기다리고 있을 것 같다. 남편과 나의 공간으로 안착한 곳, 20평대의 아파트에서 만족하는 법을 배운다. 자녀들이 가족과 동행해 오면 비좁은 대로 끼어 자는 것도 괜찮은 추억의 한 장면이 되리라. 잠들기 전까지 그동안 못다 나눈 얘기들을 풀어내노라면 밤이 짧을 것이다.

집게 한 마리가 천천히 소라며 고둥의 껍질을 뒤적인다. 배를 밀어 넣고 싶은 집을 찾은 듯한데 주저하고 있다. 서성, 서성이는 집게의 모습이 나를 닮았다. 내 마음속 이사는 아직도 진행형이다.

책 안에서

몇몇 지인과 어울린다. 한 달에 한 번, '안'에서의 사색 시간
은 진지하다. 비슷한 취미와 지향점을 가진 이들이 '안'으로
들어가 노닐다 감상을 이야기한다. 안의 세계는 알아갈수록
깊고 넓으며, 아름답고, 신비롭다. 이런 '안'을 두고 바깥을
서성대며 한눈판 날이 적잖은 나, 이즈음엔 독서가인 척 꾸
미고 산다.

　'책 안'이란 독서 모임에서 체코 작가 보후밀 흐라발을
만난다. 『너무 시끄러운 고독』이란 제목부터가 궁금증을 더
해 한탸라는 인물의 삶을 더듬어 가게 만든다.

　그는 삼십오 년 동안 책과 폐지를 압축하며 배고픈 쥐가

책을 갉아먹듯 독서를 해온다. 압축기 버튼을 누르며 틈새 독서를 해 '뜻하지 않게' 교양을 쌓는다. 그래서 그는 '맑은 샘물과 고인물이 가득한 항아리여서 조금만 몸을 기울여도 근사한 생각의 물줄기가 흘러나'오는 존재가 된다.

책을 가까이 하기 위해 폐지 압축공이 된 한탸를 보면서 책에 대한 갈증과 만남, 그것을 통해 이루고자 했던 내 지난 날의 바람이 스쳐간다. 지금은 천장까지 책장을 짜 넣은 서재에 몇 천여 권의 책을 채우고 '가졌다'는 만족감을 누리지만 당시에는 서점에서 책을 사는 이가 제일 부러울 만큼 힘들었다.

돌쟁이는 업고, 세 살짜리 큰애 손을 잡고 도서관까지 버스로 간다는 건 엄두가 나지 않았다. 하지만 아이들이 어울려 노는 시간 틈틈이 독서를 하겠다는 마음은 굳었다. 우연히 백일장에 나갔다가 탈락 후 실력을 키워 다시 도전해 보고픈 오기가 생겼기 때문이다.

전세금마저 까먹고 단칸 셋방 생활을 하며 남편 직장 문제도 불안정했던 시기. 나는 독서와 글을 통해 희망의 끈을 잡을 수 있을지도 모른다는 꿈을 꿨다. 그래서 두 아이를 데리고 주민센터 마을문고에 들락거리기 시작했다. 시장 통로를 오가는 길엔 서점이 있었다. 신간 코너에서 책을 펼쳐보는 이들의 여유를 훔쳐볼 때면 눈을 떼지 못했다. 손님인 척 들어가 책을 뒤적여 볼까 갈등했지만 어차피 그림의 떡이었다. 언젠가 나도 책방 손님 될 날이 오리라며 천천히 발걸음을 돌렸다.

마을문고에서 다독자(多讀者)에게 상으로 헤르만 헤세의 『데미안』을 줬다. 내 책, 소중해서 밑줄조차 긋기 아까워 애지중지했다. 지금도 가끔 떠올리는 문장은 싱클레어가 책갈피에서 발견한 쪽지 속 내용이다.

'새는 투쟁하여 알에서 나온다. 알은 세계이다. 태어나려는 자는 하나의 세계를 깨뜨려야 한다.'

당시의 고단한 현실을 깨드려야 할 하나의 세계로 인식하면서 기회가 닿는 한 책을 읽어야 한다고 나를 다독인 계기가 된 문장이기도 했다.

기억이란 게 돌아서면 잊어버리기 일쑤라 힘이 빠질 때가 많았다. 하지만 조선 중기 시인 김득신이란 인물의 독서 일화를 생각하면 힘이 났다. 그는 보통 사람보다 못한 기억력을 가졌다는 사실을 깨닫고 절망한 것이 아니라 좋은 글이면 최소 천 번, 만 번 이상을 읽어 어렵게 자신의 것으로

1부 숨

만든 인물로 유명하다.

'안'의 시간에 대한 갈망을 가졌을 뿐 철저하지 못했던 나는 창작을 하면서 여전히 빈곤한 창고를 둘러보게 된다. 책을 통해 확실히 깨달은 사실이 있다면 세상 지식의 방대함과 내 지식의 미미함에 대한 인식이다. 종자를 뿌려 농작물을 키우고 싶은데 창고가 비어 있다시피 하니 풀어낸 글이 늘 빈약하다. 좋아하는 장르, 재밌는 내용, 이해가 쉬운 것만을 찾아 읽으며 여유를 부리니 이렇게 가다간 원하는 걸 얻긴 요원(遙遠)하다는 자각이 따끔하다.

물론 '안'을 거닌다는 것이 누구나의 삶을 특별하게 만들어 주지는 못한다.

"내가 신봉했던 책들이 어느 한 구절도, 내 존재를 온통 뒤흔들어 놓은 이 폭풍우와 재난 속으로 나를 구하러 오지 않았다."

폐지 압축공 한탸가 천직으로 여기는 일을 잃는 절망적 상황에서 이런 말을 내뱉는다. 폐지더미 속에서 선물 같은 멋진 책 한 권을 찾아낼지 모른다는 희망이 전부였던 그에게서 일자리를 빼앗는다는 것은 사형선고나 다름없었다.

한탸는 자신이 지키고자 했던 불가피한 파괴 작업에 나

름 저항하다가 마침내 책과 운명을 함께한다. 낡은 압축기 속으로 들어가 삶을 마감한다. 그는 세상이 압축기처럼 모든 것을 짓이기고 집어삼키지만 마지막 순간까지 자신의 선택을 후회하지 않는다.

　여기서 한탸라는 인물의 삶이 '책을 구해내면서 인간의 정신과 문화를 구하려 했다'라 해석한다면 그의 노력이 허무한 몸짓만은 아니었다고 나는 말하고 싶다. 돌려 말한다면, 그가 노력을 펼칠 수 있었던 힘이 독서에서 나왔다고 했을 때 지하실에 감금된 몽상가의 삶을 구원한 것은 책이다.

　'안'을 에워싸고 있는 바깥세상이 소란하다. 이러한 시끄러움 속에서 마음껏 '안'을 거닐 수 있는 행복을 부여받은 현재가 얼마나 바라던 순간인가를 되새겨 본다. 오래 전 발명가 에디슨의 어릴 적 얘길 들으며 그가 도서관에서 책 읽은 방식을 흉내 내어 보리라 다짐한 적이 있었다. 아래 칸부터 위 칸까지 차례로 다 읽어내기. 이것이 사실이든 아니든 열정적인 독서가 위대한 인물을 만들었음은 사실일 것이다. 안다는 것, 알면서 실천을 하지 못한다면 그 사람은 꿈에 다다를 수도 꿈꿀 자격도 없다.

　나도 그런 '안'에서 삶의 시간을 마감하고 싶다.

지전 한 장

천 원짜리 한 장을 주머니에서 꺼낸 아이가 가게로 손을 끈다. 자기가 좋아하는 초코과자를 사러 가자는 거다. 네 돌이 지났으니 금액의 크고 작은 차이는 몰라도 돈으로 원하는 걸 살 수 있다는 정도는 안다. 바람이나 쐬자고 외손자와 놀이터로 나온 참이라 지갑이 없다. 나중에 가자고 달래 봐도 황소고집이다.

　편의점으로 들어서자 고사리손이 'OO조이'라는 과자를 집어 든다. 몇 백 원이 모자라 부족한 돈은 나중에 주기로 하고 포장을 뜯게 한다. 구슬 모양의 과자 두 개는 뚜껑 쪽에, 분리된 아래쪽에는 초코시럽이 담겨 있다. 내장된 플라스틱 스푼으로 과자에 시럽을 발라가며 야금야금 먹는 모습이 맛나 보인다. 내용물이 너무 적다 싶었는데 아이의 눈치에도 아쉬움이 어룽진다. 천 원이란 화폐의 가치가 언제부터 이런 푼돈이 되었나 싶다. 가끔 약봉지를 볼 때 생각나곤 하던 그녀가 천 원짜리 한 장을 통해서 오늘은 내게 온다.

이름도, 성도 모르고 지금 그녀가 내 곁을 스쳐가도 알아볼 자신이 없다. 스물여덟 해 저편, 안산에서 몇 개월 이웃해서 살았지만 잊을 수 없는 여인이다. 서로 나이가 비슷했으니 그녀도 머잖아 예순 언저리겠다. 그녀의 큰딸 이름이 '자혜'였다는 사실은 지금도 선명하다. 다세대 주택 1층에 이웃해 살면서 서로를 자혜엄마, 민아엄마라 불렀다. 두 살 터울인 딸 둘의 나이가 같아서 말을 트기 쉬웠던 것 같다. 각자 한 살짜리는 안거나 업고 세 살 꼬맹이를 따라다니다 보면 해가 저무는 나날이었다.

결혼 생활을 서울서 시작해 작은 가게를 냈다가 전세금까지 날렸다. 겨우 월세 얻을 돈만 들고 안산까지 흘러갔다. 단칸 셋방에서 생활비가 바닥났는데 남편의 일자리는 구해지지 않았다. 그때 백일을 막 넘긴 둘째까지 있어 경제적 육체적으로 힘겨운 시기였다.

답답한지 칭얼거리는 아기를 업고 문밖으로 나갔다. 봄볕을 쐬며 엉덩이를 토닥이자 옹알이를 하며 등에 가만히 엎드렸다. 하지만 나는 오한이 들면서 온몸이 욱신거려 왔다. 눕고만 싶은 걸 견디고 있자니 진땀이 났다.

"어디 아파요?"

얼굴이 창백하다며 그녀가 걱정했다. 나를 찬찬히 살피더니 손에 뭔가를 쥐어주었다. 천 원짜리 한 장이었다. 어쩔 줄 몰라 가만히 서 있는 나에게 하루치의 약은 살 수 있을 거라고 길 쪽으로 등을 밀었다. 돈이 너무 적어 미안하다는 그녀 앞에서 마음의 생채기를 숨기며 나는 희미하게 웃었다.

작은아이가 첫돌을 앞두고 있을 즈음 남편이 울산에 일자리를 얻었다. 생활고의 밑바닥까지 경험한 안산 생활, 한 치의 미련이 있다면 그녀를 두고 이사 가야 한다는 사실이었다. 조용하지만 따뜻했던 친구, 이웃해 살며 마주치면 웃고 얼마간의 먹거리를 나눌 뿐이었지만 곁에 있어서 좋았다. 말이 별로 없다는 게 우리 두 사람의 공통점이었던 것 같다.

트럭에 이삿짐을 다 싣자 마지막 인사를 했다. 그녀를 안고 진심으로 감사했다는 말을 하고 싶었지만 쑥스러워 손만 꼭 쥐었다. 배웅을 나온 그녀가 미리 준비한 쌀자루를 트럭에 올렸다. 그리고는 먼 길 조심히 가라고 눈물을 보였다. 트럭이 골목 모퉁이를 돌아나갈 때까지 손을 흔드는 언니 같은 그녀가 백미러로 보였다.

받기만 하다가 떠나는 얄미운 사람이 되어버린 나. 살아가면서 그간의 빚을 갚게 될 날이 있을 거라 믿었기에 돌아서 가는 걸음이 무겁지만은 않았다. 멀리 있어도 서로 연락하고 지낸다면 언제든 다시 볼 수 있을 테니까.

편지를 주고받았다. 하지만 낯선 곳에서 자리를 잡기까지 이사가 잦았다. 편지 소통이 원활하지 못했다. 소식이 뜸해졌다 싶었던 어느 날 몇 달 만에 그녀에게 편지를 썼다. 그런데 수취인 불명으로 편지가 반송되어 왔다. 평생의 인연으로 간직하고 팠던 사람, 갚아야 할 빚이 있는데 연락할 길이 끊겨버렸다. 전화가 없어서 서로 전화번호 교환도 할 수 없었으니 만날 길은 요원했다. 아쉬웠지만 삶은 내가 감상에 빠져 있도록 여유를 주지 않았다. 맞벌이를 시작했다.

그녀를 기억해내는 간격이 뜸해지기는 해도 잊고 산 적은 없다. 천 원이라는 지폐를 볼 때마다 그녀가 내게 준 게 희망이었다는 생각을 한다. 말을 트고 지냈지만 천 원짜리 한 장을 손에 쥐어주려면 용기가 필요했을 것이다. 본인은 호의지만 상대가 어떻게 받아들이느냐에 따라 상처를 건드리는 일이 될 수도 있었기 때문이다. 그때 그녀가 내게 준 지전 한 장은 이제 내 안에서 백지 수표가 되어 있다.

지전(紙錢) 한 장을 낡은 바구니에 살포시 놓는다. 하반신 장애로 검정 고무를 둘둘 말아 입고 길바닥에 엎드린 남자는 고갯짓으로 고마움을 표한다. 그가 기계적으로 부르는 노래는 '나 좀 봐 주세요'라는 외침이다. 장터를 오가는 이들이 간간이 천 원짜리 지폐를 그의 바구니에 담는다. 천 원, 껌 한 통이나 라면 한 개 값 정도의 푼돈이지만 행인들이 보태는 건 관심이다. 한없이 부족하지만 그를 견디게 해줄 것이다.

미국 작가 캐서린 라이언 하이디가 쓴 소설 『트레버』는 주인공의 이름이기도 하다. 12살인 트레버 맥킨리는 '세상을 변화시킬 수 있는 아이디어를 생각하고 실천하라'는 사회 선생님의 과제를 받는다. 트레버가 시작한 것은 '다른 사람에게 베풀기(PAY IT FORWARD)'다. 한 사람이 세 사람에게 도움을 주면 그 세 사람이 각각 또 다른 세 사람에게 도움을 주면서 베풀기를 확산하는 방식이다. 받은 이에게 보답하는 게 아니라 타인에게로 시선을 돌린다는 아이디어가 신선하고 의미 깊다.

　이 세상 어딘가에서 삶의 양지를 만들어가고 있을 자혜 엄마를 생각한다. 내가 자신을 기억하기보다 타인에게 따뜻한 사람이길 바랄 것 같다. 그녀에게 배운 한 수를 잘 꺼내써야 한다. 사랑을 받은 사람은 줄 줄도 안다고 했으니.

몸의 언어

언어장애를 가진 사람들은 수화(手話)를 한다. 손의 움직임과 얼굴표정, 몸짓을 사용하여 표현하는 시각언어를 쓴다. 가끔 길에서나 버스에서 눈빛을 주고받으며 수화하는 이들을 본다. 빠른 손놀림으로 진지하게 이야기를 한다. 조용한 소통이다.

내가 아는 수화라고는 '사랑해'라는 단어뿐이다. 주먹을 쥔 왼손 위에 오른쪽 손바닥을 돌리면 된다. 소리가 아니라 몸짓으로 표현해내는 언어다. 호기심이 인다. 서로를 바라봄으로 해서 더 완벽하게 뜻이 전달되는 인간미가 돋보이는 대화법이다.

요즘은 소리만을 주고받는 대화가 흔하다. 식당이나 찻집, 더한 경우는 밥상머리에서도 눈은 휴대폰에 가 있고 말만 오간다. 카톡을 하거나 검색 혹은 게임을 하느라 상대에게 소홀하지만 피차일반이라 신경 쓰지 않는다. 서로의 그런 모습을 아무렇지 않게 받아들이는 마음자세가 내겐 더 충격이다. 저럴 거면 왜 마주 앉았을까 하는 생각이 스쳐간다. 이럴 때 몸의 언어인 수화는 아름다운 꽃을 대하는 느낌을 준다. 수화모임에서 활동하는 딸아이가 왜 거기에 빠졌었는지 알 듯한 부분이다.

비장애인들이 보이는 몸의 언어도 적잖다. 장난기를 담은 몸짓, 화났을 때의 퉁탕거림, 당황했을 때의 허둥거림, 피곤할 때의 흐느적거림, 슬플 때 고개를 숙이거나 어깨가 축 처져 있는 등 언뜻 내보이는 몸짓에서 상황이 읽힌다. 어쩌면 말로 하는 것보다 훨씬 실감나서 마음을 더 흔들어놓는다.

일상에서 몸의 언어와 떼놓을 수 없는 경우라 하면 차량 운전이다. 무생물인 차량에서 감정이 묻어나는 예를 흔히 본다. 운전자가 상대에게 자신의 감정을 알리려는 몸짓에서 나오는 행동이다. 상대 차가 주행 중에 어떤 실수를 했다면 차 안에서 혼자 짜증을 부려봤자 소용없다. 상대가 알 수 없을 터이니 차로 감정을 표현하는 것이다. 쌩~ 급가속을 하거나, 주행을 방해하거나, 상향등을 번쩍인다. 경음기를 울리며 한바탕 소란을 떨다가 싸움이 붙기도 한다.

운전대를 잡으면 누구나 예민해진다. 편리하지만 잘못 쓰면 자신의 목숨뿐 아니라 타인까지 해할 수 있는 흉기가 되기 때문이다. 그러기에 감정을 자제할 필요가 있음에도 그 반대의 경우가 흔하다. 운전대만 잡으면 평소의 차분한 모습은 사라지고 숨어 있던 짐승이 고개를 든다. 난폭운전, 보복운전이 사회적 문제가 되는 까닭이다.

"집구석에서 살림이나 해. 일 없이 차 끌고 나와 바쁜 사람 길 막지 말고!"

택시 운전자가 내 옆 차선까지 바짝 차를 붙이며 언성을 높이고 가운데 손가락을 내밀었다. 아직도 이렇게 고루한 생각을 하는 남자라니. 자격지심으로 똘똘 뭉친 상대를 나는 무시하기로 했다. 그러자 이번에는 내 차 앞으로 들어와 차를 거의 세우도록 속도를 늦췄다. 어찌해야 좋을지 몰라 우선 문을 잠갔다.

무섭기도 하고 화가 나기도 했다. 혼자서 해결할 수 있는 상황이 아니라는 판단이 섰다. 경찰에 신고할 요량으로 차를 갓길에 댔다. 전화기를 꺼내 드는 걸 보더니 그제야 택시는 제 갈 길로 갔다. 안도의 한숨과 함께 억울한 감정이 솟구쳤다. 이렇게까지 욕을 먹을 정도로 내가 잘못했는지 누구라도 붙잡고 묻고 싶었다. 정지 신호에 차를 멈추고 있다가 잠깐 딴 데를 보느라 녹색 신호가 켜진 걸 몰랐다. 뒤차가 경음기를 울려서 '아차!' 하면서 출발을 했는데 욕을 먹고 시달렸다. 여자 운전자라는 걸 안 순간 다른 일로 받았던 스트레스까지 내게 풀었던 것일까? 이런 일을 겪은 후로 신호에 걸렸을 때 절대로 딴 곳을 보지 않는 습관이 생겼다.

맞벌이를 하는 동안엔 거의 매일 차를 썼지만 요즘은 그 절반도 안 탄다. 하지만 운전을 한 기간이 제법 길고 보니 차량에 앉는 내 마음 자세가 어느덧 누군가를 닮아 가고 있다.

방향지시등을 안 켜고 갑자기 확 끼어드는 승용차를 피해 브레이크를 밟았던 날, 뒷좌석에 두었던 가방이 뒤집히면서 내용물이 쏟아졌다. 나는 순간적으로 "미친○, 운전을 저 따위로 하고 있어" 하면서 화를 냈다. 나의 거친 말에 조수석의 남편이 느긋하게 한 마디 했다.

"조 여사, 소리까지 차량 블랙박스에 다 녹음되고 있는 거 알지요~.", 주의를 줬지만 옆 차선으로 나가 한 마디 하고

자 했다. 핸들을 잡은 사람이 할머니인 게 확인되었다. 핸들에 바짝 붙어 앉은 채 전방을 주시하고 있었다. 위험한 행동을 하고서도 본인은 전혀 모르는 눈치였다. 마침 빨간 신호등이 들어오면서 두 차량이 나란히 서게 되었지만 나는 말을 참았다.

내 안의 짐승이 한순간 머리를 확 쳐드는 걸 경험한 날이다. 전에는 혼자 투덜거리다가 말았는데 다혈질로 바뀌어 간다 싶으니 나 자신이 무서워졌다. 결코 좋은 모습들이 아니었고, 위험을 자초하는 행동들일 수 있었기 때문이다.

이제는 어느 가정이나 차량 한두 대는 있다. 성년이 되면 누구나 운전면허를 딸 만큼 생활과 운전은 뗄 수 없는 관계가 되었다. 그러므로 차량으로 쓰는 몸의 언어를 건강하게 잘 써야만 한다. 나를 지키고 가정을 지켜낼 수 있는 방법이며 곧 사회가 건강해질 수 있는 길이기도 하다.

스포츠센터에서 아침 운동을 하기 위해 차를 몰고 나간다. 삼거리에서 신호에 걸려 전방을 주시하는데 빨간 점퍼에 ○○당이란 띠를 두른 남자가 열심히 손을 흔든다. 차량 운전자들에게 인사 중이다. 며칠 후에 있을 지방선거에 출마하는 사람이 몸의 언어를 쓰는 중이다. 자기를 혹은 자신의 당을 지지해 달라는 거다. 그가 나타내고자 하는 색깔이 내 마음까지 들어오진 않았지만 누군가에게는 잘 기억되었을 터이니 그의 몸짓은 성공적이다.

길 위에서

일주일에 두어 번 등산을 한다. 도시 근교 산 밑 마을로 이사 오면서 틈틈이 자연 속으로 들어간다. 산길 초입에서부터 길은 두 갈래다. 완만하지만 돌아서 가는 길과 가파르기는 해도 얼마간 질러가는 길이 있다. 나는 사람들의 발걸음이 다져 놓은 걷기 편한 길을 택한다.

문수산은 해발 6백 미터다. 율리농협 진입로에서 30분쯤 올라가면 산등성이에 쉼터가 있다. 나무 이정표와 장의자들, 조붓한 길이 여럿 모여 수런대는 곳에서 차오른 숨을 가라앉힌다. 내가 점찍은 반환점이다. 숨바꼭질하듯 여기저기서 등산객이 나타났다가 사라진다. 이들 중 다수가 1시간을 더 걸어 산이 허리를 들어 올린 깔딱고개의 끝 점, 정상을 향하거나 다녀오는 길일 것이다.

몇 년 전 여름, 단 한 번 정상에 서 보았다. 깔딱고개란 이름이 왜 붙었는지 실감했다. 종아리에 모래주머니를 단 듯, 누가 뒤로 잡아당기듯 무겁기만 했던 걸음으로 가파른 계단을 올랐다. 그만 가자는 말이 목구멍까지 차올랐지만 동행에게 폐가 될까봐 꾹꾹 눌렀다. "다 와 간다"는, 등산로에서 흔히 하는 거짓말에 기대어 걷다보니 평지가 나왔다. 긴장이 풀리자 땅에 주저앉고 싶었다.

"아이고 아이고오~, 뭐 대단한 걸 보겠다고 이 고생을 하노. 내가 미쳤지~."

곡소리를 하는 반백의 남자 때문에 정신이 그리 쏠렸다. 땀에 젖은 러닝을 벗어 비틀어 짜며 흙바닥에 퍼질러 앉은 모양새가 코믹했다. 한바탕 웃었다. 내 마음도 그와 다를 바 없었으니……. 산은 준비되지 않은 자에게 쉬 정상을 내주지 않는다는 교훈이 몸으로 들어온 날이다.

쉼터에서 등산로를 둘러본다. 내가 올라온 길, 문수산 정상으로 향하는 길, 시내 쪽으로 나가는 길, 뒷마을로 이어지는 길 그리고 인적이 뜸한 영축산 정상가는 길도 보인다.

영축산은 문수산보다 낮아 어렵지 않게 오를 수 있다는 얘기가 들린다. 길눈이 어두우니 동행이 생기면 가보리라 마음먹는다. 새 길 하나를 기억에 더한다는 건 산과 한 걸음 가까워진다는 뜻이다. 골라 먹는 음식처럼 산길을 골라 다니는 재미가 쏠쏠할 것 같다. 장의자에 하나둘 등산객이 찬다. 먼저 휴식을 취한 내가 자리를 피해줄 차례다.

하산 길은 시작부터 경사가 급하다. 비탈진 흙길을 계단식으로 파 발을 디디기 좋게 만들었다. 자연을 훼손하지 않으면서도 산행하는 이의 걸음을 배려했다. 검은 비닐을 손에든 남자가 산길에 버려진 쓰레기를 주우며 올라간다. 등산로에 떨어진 나뭇가지들을 길 가장자리로 치우며 걷는 여인도 있다. 산을 사랑하는 사람들이 산을 찾는다는 말이 맞는 것 같다. 보면서 배우는 날이다.

내려가는 길 절반쯤 위치에서 표지판 하나와 만난다. 몸을 왼편으로 틀어 비탈길로 내려서면 작은 산사(山寺)가 있다. 망해사다. 신라 헌강왕(875~886) 때 동해의 용을 위해 세웠다는 전설이 있는 사찰로 스님의 유골을 모신 승탑 중 2기는 9세기 것이다. 폐사지에 세워진 현재 대웅전은 1991년에 건축되어 오늘에 이르렀다.

고즈넉함이 발길을 잡는 곳은 승탑 주변이다. 소나무 숲이 둘러쳐진 고승의 잠자리 한켠에 '천년의 탁자'가 있다. 내가 붙인 이름으로 작은 보자기 크기의 돌판이다. 화강암 판석 모서리가 거의 깨져 나갔으나 석공이 정으로 쫀 흔적과 검은 돌이끼가 있어 옛 유물 같다. 허벅지 굵기의 직사각형 돌을 의자처럼 둘러놓았는데 그 돌 문양도 예스럽다. 앉아도 되는지 조심스럽지만 옛것 위에 언제 앉아 보겠나 싶어 그냥 엉덩이를 올려놓는다.

대숲에 와 닿은 바람이 댓잎을 간질이자 스스스 여음을 만드는 공간, 민들레꽃 무더기가 샛노란 지상의 별로 떠 밝음이 더해지는 장소다. 어린 다람쥐 두 마리가 잡기놀이를 한다. 나랑 눈이 마주쳐도 장난을 치면서 달아난다. 산사의 풍경은 시름을 씻어내는 물이 되고, 나는 풍경이 주는 감흥에 흠뻑 젖은 채 집으로 향한다.

차량이 질주하는 소리가 가까워진다. 곧 등산로 초입이다. 푸르고 붉은 등산복 차림의 젊은 남녀가 곁을 스쳐 간다. 입구부터 언덕길이라며 투덜댄다. 이 동네에 처음 오는 이들일까? 조금만 걷다가 보면 그들도 알 게 될 것이다. 산이 힘든 길을 펼친 뒤엔 쉬운 길도 내준다는 걸.

길 위에 선다. 손님과 주인에 대한 생각이 이어진다. 등산로의 쓰레기를 줍고, 걷기 편하도록 나뭇가지를 치워 주는 사람들의 마음에서 주인 의식을 본다. 주인은 제 집을 청소하고 돌보며 아끼지 않는가. 산에서 위안을 얻으면서도 자신에 대한 관심뿐인 나 같은 사람이 객(客)이다. 하지만 주인의 말없는 수행은 향기처럼 사람을 끌어당기고 거기에 빠지게 한다. 산 중턱 나무에 묶어둔 여행사 광고 전단지 묶음이 뜯겨 흩어져 있다. 그것들을 줍는다. 부끄럼쟁이라서 아무도 보지 않을 때 얼른 주워 가방에 넣는다.

산길, 길 위에서 모처럼 나는 뿌듯하다.

베틀가

안동 시내에서 10여 킬로미터 떨어진 저전마을은 한양 조씨들의 집성촌이다. 할머니가 계신 큰집이 있어 일주일이 멀다 하고 드나들었다. 촌수로 따지면 모두가 가깝고 먼 친척인 마을 사람들. "아지매요, 저녁 자셨니껴?" 하면서 아낙들은 삼을 한 꾸리씩 들고 밤마실을 오곤 했다.

　어릴 적부터 봐 온 길쌈하는 풍경은 익숙했다. 대청마루가 넓은 큰집은 아낙들의 길쌈마당이면서 입담마당이었다. 허벅지까지 속바지를 걷어붙이고 앉아 길쌈하는 여인들의 모습은 볼 만했다. 하루 종일 땡볕에서 논일 밭일을 하니 얼굴이며 손발은 숯검정인데 속살은 갓 개화한 목련처럼 뽀얗게 눈이 부셨다.

그녀들 앞에는 2개가 한 조가 되어 삼실을 거는 데 쓰는 삼가치가 놓여 있었다. 삼삼기는 꼼꼼함을 요한다. 삼가치에서 삼실을 뽑아 실의 한 끝을 Y자형으로 쪼개고, 다른 삼올 한 끝은 입으로 뾰족하게 해 Y자로 쪼갠 하나의 가닥과 겹쳐 무릎에다 비벼 꼰다. 비벼 꼰 한 끝을 다시 Y자의 남은 가닥에 비벼 잇는 과정을 반복하면서 삼실은 길어진다. 이렇게 살과 마찰이 되면서 아낙들의 속살에 까맣게 삼때가 앉는다.

입술로 스륵스륵 삼실을 훑으며 입담 좋은 아낙이 슬쩍 질탕한 농담을 던지면 웃음소리가 소나기처럼 쏟아지곤 했다. 종일 일만 하는 농촌 사람들이 일과에 지쳤을 법도 한데 여유롭기만 한 웃음이 초등학생인 나에게 이해되지 않았다. 하지만 나이가 들어가면서 그것이 역설임을 깨달았다. 고단한 삶의 여정을 털어내는 방식, 나는 여인네들의 웃음 저변에 깔린 고통과 슬픔을 백모의 삶을 통해 조금씩 알아갔다.

맏며느리인 백모의 무릎 근처 살성은 유난히 삼때가 많다. '안동포 한 필에 여인의 눈물이 서 말'이란 말이 있는데 이는 백모를 두고 한 말 같다. 조씨 집안 맏며느리로 들어와 아들 5형제 튼실하게 키워내고 시부모 모시고 살림도 억척으로 일구어 냈건만 역마살이 낀 백부는 뜬구름처럼 살았다. 딴 살림을 차렸다는 소문이 나돌아도, 육순이 넘어서 위암 말기 진단을 받은 백부가 돌아왔을 때도, 베틀에 앉은 백모는 베를 짜는 여음으로 답했을 뿐이었다.

동기간들이 분통을 터뜨리며 받아 주지 말라는 이도 있었지만 백모는 귀 막고 입 닫고 인고(忍苦)의 천만 짜갔다. 한 손으로 바디를 잡고, 다른 한 손으로 북을 들어 발을 당겼다 폈다 하는 빠른 베틀 소리가 심경을 대변했다. 그 모습에 담긴 원망은 백 마디 말보다 더 크게 사람들의 마음에 닿았다. 백모는 모든 것을 여자로 태어난 한(恨)으로 쓸어안으며 살았다. 치매로 세상을 떠날 무렵에는 이생의 삶을 깡그리 잊은 듯 가족들까지 낯설어 했다. 나는 그 모습에 진심이 담겨 있다고 보았다. 가슴앓이로 점철된 삶 자체를 부정하고 싶었던 태도의 반영이라고.

안동포의 인연은 어머니에게도 거칠고 질긴 것이었다. 어머니가 6살 아이였을 때 외증조모는 일하지 않으려면 먹지도 말라고 교육했다. 어리긴 해도 삼실을 입술로 훑어 연결하는 삼삼기 정도는 할 수 있을 거라며 일을 해야만 밥을 줬다. 어린 입술로 거친 삼실을 훑다 보면 살갗이 찢겨 음식을 먹을 수도 없었다는 어머니. 일을 하는 고통보다 더 견딜 수 없었던 건 "여자는 공부를 할 필요가 없다"는 말씀이었다고 한다. 길쌈이나 하라며 외증조모가 초등학교 1학년 교과서를 불쏘시개로 던졌을 때 목 놓아 울었다고 했다.

여자의 삶이란 게 무언지 몰랐던 때도 무작정 여자라는 단어가 싫었다는 말씀이 머리를 떠나지 않는다. 여자였기에 유년시절을 잃어버린 채 길쌈을 해야 했고, 배움의 기회도 박탈당해 그 한(恨)이 가슴에 사무쳤을 것이다. 그런데도 길쌈과의 인연은 고래힘줄처럼 질기게 어머니의 삶에 밀착되어 있다.

안동지방엔 '새벽 질쌈(길쌈) 질기는 년 사발옷만 입는다'라는 속담이 있다. '사발옷'이란 가랑이가 무릎까지 내려오는 여자의 짧은 바지를 말한다. 만부득이해 새벽까지 길쌈을 하건만 그 대가가 미미하다는 뜻으로 풀이된다. 어머니와 길쌈과의 인연은 6살 아이가 백발의 직녀가 되는 세월로 흘렀건만 삶을 곤곤하게 한다.

베틀에 앉아 계신 어머니를 말려 보지만 소용이 없다. 중국산 삼베 때문에 국산 삼베 한 필 값이 20여만 원이나 싸졌다고 아쉬워하시며 북을 잡는다. "놀면 뭐하냐고 틈틈이 베를 짜 팔면 손자 용돈이라도 줄 수 있는데."라고 하신다. 어머니의 거칠고 옹이진 손이 베틀 위에서 삶을 움켜쥔다. 힘이 느껴진다. 복(福)이란 무릇 노력한 만큼 돌아오는 것이라는 철학으로 삶에 순명(順命)해 온 어머니. 사발옷의 어머니가 베틀가가 들려준다. 철커덕 덜컥, 철커덕 덜컥, 슬프지만 슬프지만은 않은 인생의 노래가 적막을 깨운다.

열정

해바라기가 꽃을 피웠다. 해바라기는, 푸르른 여름 내(川)를 건너 노랗고 붉게 출렁이는 가을자리에 까만 꽃씨들로 자리매김했다. 작은 무쇠솥뚜껑 같은 해바라기를 꺾어 바람이 잘 통하는 그늘에 내놓자 씨앗들이 똘똘하게 말라 간다. 가을의 결실이다.

가을자리에서 또 하나의 가을을 본다. 어깨를 움츠리게 만드는 늦가을 바람이 낙엽을 모았다간 흩어놓으며 강변 둔치에서 장난질이다. 사각대며 마른 마찰음을 내는 억새도 흔들어댄다. 부스러질 듯 서로의 몸을 비비고서야 바람소리 같은 여음으로 존재를 알리는 풀, 묵묵히 황혼에 물들어가는 억새가 초로의 내 모습 같다.

한없이 가라앉은 마음으로 지내는 하루하루다. 비 갠 뒤 함부로 벗어던진 우의(雨衣)처럼 널브러져 있다가 '이건 아니야'라며 자신을 당조짐 하고, 금세 TV 앞에서 다시 목석이 되어 있곤 하는 무기력한 시간들. 몇 년 전 방문교사 일을 다니면서도 늦깎이 학생으로 학위까지 딴 내가 늙음의 징후 앞에서 겁쟁이가 되어 있다. 하고 싶고, 해내고 싶은 건 내가 산 세월만큼 쌓이는데 주춤거려지는 발걸음이다.

내겐 없지만 남이 가진 열정을 바라보고 응원하는 시간들이 그래도 좋긴 하다.

"죽기 전에 내 손으로 운전해서 손주들과 동물원에 가고 싶어."

5년 동안 960번 운전면허 시험에 도전해서 어렵게 면허증을 딴 할머니 이야기는 오랫동안 회자되었다. 그분이 시험장을 떠날 수 없었던 이유는 손주들을 위한 꿈을 포기할 수 없어서였다. 보통의 경우라면 도전 자체를 어려워하는 70대의 나이고, 시험에 계속 탈락하면 절망감 때문에 손 놓기 쉬운데 이분은 끝을 봤다. 시험을 치르느라 천여 만 원의 돈을 날렸지만 장터에서 나물을 팔며 꿈을 지켰다.

'~싶다'며 꿈을 말하고, 시작이란 첫걸음을 떼는 건 어렵지 않지만 그걸 밀고나가는 힘은 절실함에서 온다. 사실 나는 얼마 전에 작은 도전을 했었다. 컴퓨터로 글을 쓰다 보니 워드 관련 지식이 부족했다. 그래서 한 달쯤 공부해 필기시험에 합격하고, 실기시험에도 도전했다. 하지만 워드 1급 실기는 높은 산이었다.

시험관이 "시작하세요."라며 타이머를 작동시키면 내 심장도 흥분상태에 돌입했다. 키보드 위의 손가락이 영타(영어타자)와 한타(한글타자)를 변환하며 문서를 작성하는 동안 수전증에 걸린 듯 떨렸고, 눈은 수험지의 글자를 빠르게 읽어 내지 못하는 걸림돌이 됐다. 돋보기를 끼면 수험지와 키보드의 글자는 잘 보여도 모니터와의 거리가 맞지 않았다. 이때 다초점 안경이 있다는 걸 알았다면 결과가 다르지 않았을까 싶다. 5개월 동안 4번의 시험에 도전했고, 마지막 시험 결과는 3점 모자라 커트라인에 들지 못했다. 나는 그쯤에서 도전을 그만두기로 했다. 시험장의 긴장감보다 눈 문제가 나를 절망감에 빠뜨렸기 때문이다.

열정은 아름다운 삶의 불꽃이다. 한때 공개 오디션 프로그램이 경쟁적으로 방송될 때 덩달아 상기된 시간을 보냈다.

가수나 탤런트, 배우, 아나운서, 모델, 디자이너 등 다양한 꿈을 펴든 이들이 공개 오디션에서 경쟁했다. 간절한 꿈을 이루려 지난한 시간을 보낸 이와, 남들이 좀 잘한다니까 '혹시' 하면서 오디션 장을 기웃대는 이, 운에 기대거나 자아도취에 빠져 무작정 뛰어드는 청춘까지 경쟁률은 높았다. 여러 차례 오디션을 거쳐 최고를 뽑는 과정까지 희비의 엇갈림 속에서 눈물과 웃음, 간절함이 교차하며 감동의 드라마를 연출했다.

자신의 목표를 향해 혼신의 힘을 다하는 열정과, 최선을 다했지만 탈락의 고배에 절망하는 아픔, 자신을 탈락시킨 대상에게 분노하며 눈물짓는 서러움과, 눈물을 훔치며 내일을 기약하는 미소들까지 무지갯빛 젊음은 나름대로 눈부셨다.

꿈에 도전하는 삶이 젊은이들만의 것이 아님을 흔히 보게 되는 요즘이다. 운전면허증 할머니 같은 분이 계시고, 바리스타(Barista) 과정을 공부해 커피점에서 일하는 노인이나, 이야기할머니 교육을 받아 유치원 등 단체에서 봉사하는 이들도 적잖다. 백발의 청춘들이 노익장(老益壯)을 과시하는 세상이다.

나는 '나중에', '다음에'라는 말을 입에 달고 산다. 삶이 단거리 경주처럼 순식간에 끝난다는 걸 알만한 나이임에도

'현재'를 방치 중이다. 투명하게 자신을 들여다보는 용기를 갖는다면 내 안에 숨어 있던 열정을 다시금 찾아내게 될까? 한숨 한 번 푹 내쉬고 집 앞 동천강을 내려다본다. 징검돌들이 강 건너편으로 이어져 있다. 근처의 동천교를 건너기보다 작은 물살이 빠르게 지나는 징검다리를 밟는 사람들이 보인다. 이제 나의 열정은 저런 모습이어야 한다는 생각을 한다. 작은 바람들로 천천히 다가가며 그것을 즐기는 삶. 황혼을 배경으로 풍경화 한 폭 멋지게 그려 보고 싶어 느릿느릿 몸을 털고 일어선다.

2부

시간의 그늘

한 평

나무판자로 대충 구분지은 칸막이 같다. 거기 들어앉은 할머니들은 빨간 플라스틱 소쿠리에 파, 콩나물, 도라지, 우엉, 마늘, 감자 등을 담아 내놓는다. 한 평도 안 되는 공간에서 주름진 손들이 분주하다. 각종 채소를 다듬거나 쪼개 손질하는 만큼 손님의 발길이 머무니 수입이 더한다. 진종일 따분한 시간 보내는 데도 제격이다. 억척이긴 하나 욕심스러워 보이진 않는 억새꽃들의 몸짓이 안쓰럽다. 장날이면 난전에서 푸성귀를 팔던 시어머니 모습을 떠오르게 하는 풍경이다. 아주 오래전에 돌아가신.

집 근처 골목에 형성된 작은 시장. 버스회사가 이전해

간 공터에 난전을 폈던 이들이 가건물을 지었다. 잡곡 파는 할머니가 소주잔을 기울이며 무료함을 달래고, 비녀로 쪽을 찐 할머니는 연방 머리카락을 쓸어 올리며 도라지를 까다가 오수(午睡)에 빠진다. 장을 보러 나온 새댁에게 묵을 권하며 며칠 전 도토리 줍던 이야기를 한바탕 펼치는 노인도 있다. 천 원어치에도 덤이 후한 땅콩빵 할머니는 교복 차림의 학생들에게 인기다.

길모퉁이나 사거리 한켠, 혹은 시내 중심가의 골목에도 한 평 남짓한 공간들이 활용된다. 구두병원이나 옷 수선 집, 열쇠나 액세서리 파는 곳, 교통카드와 로또복권을 취급하기도 한다. 철학관이나 점집도 있다. 생계의 공간으로서 의미가 크다. 시장 골목 노인들에게서 느껴지던 소박한 여유는 찾아보기 어렵다. 척박한 환경에서 피어난 민들레꽃 무리처럼 삶을 잡고 가고자 하는 안간힘이 밑그림이 된 공간으로 시선을 끈다.

한 평쯤 되는 공간에서 현재를 태우는 사람들은 고시원에도 있다. 하루 종일 책과 씨름하다 누우면 책상 밑에까지 발을 뻗어야 몸이 온전히 펴진다는 곳. 젊은이들이 바늘구멍만한 취업 기회를 잡으려고 다시 수험생이 된다. 몇 차례 시험에서 떨어지면 부모 뵐 낯이 없어 생활비 달란 말도 못하고 틈틈이 아르바이트를 하거나 굶주리면서 책을 본다. 고시원의 그들은 공간에 대해 무관심하다. "먹고, 자는 데 문제없으면 되는 거지요."라며 희미하게 웃는다. 진실로 젊은이들을 힘들게 하는 건 꿈을 빼앗아가는 암울한 미래다.

일본의 유명한 공동주택 중에 벽장집이 있다. 가로 2미터, 세로 1미터로 집 전체가 벽장인데 어떤 벽장에는 두 사람이 거주한다. 일어서기는커녕 비좁아서 몸도 제대로 움직일 수 없으나 '만족스럽다'는 이들이 거기 있다. 정신적으로 불만을 갖지 않는다면 물질적, 환경적 부족함이 문제되지 않을 수 있다는 사실이 놀랍다. 무엇이 작다거나 크다고 인식하는 건 욕망이 반영된 거울을 실체로 착각하는 오류다.

톨스토이의 단편 「사람에겐 얼마만큼의 땅이 필요한가」에서 바흠은 '하루당 1천 루블'이라는 바슈키르인의 땅에 욕심을 낸다. 하루 동안 돌아보는 곳 전부를 갖되 일몰 전에 출발 장소로 돌아와야 한다는 조건이 있었다. 빠르게, 멀리 나아갈수록 좋은 땅이 바흠의 탐욕을 자극했다. 해가 서쪽으로 기울 무렵에야 출발점으로 돌아가려 하지만 소용없었다. 안간힘을 써서 시칸 언덕에 도달했을 때 그는 피를 토하며 쓰러졌다. 바흠에겐 2미터짜리 구덩이 하나가 주어졌다.

　바흠은 부(富)만 손에 넣으면 행복해질 거라 믿는 우리네 자화상의 비유다. 욕심을 내려놓으면 행복이 나풀거리며 어깨에 내려앉을 걸 알면서도 '더'라는 탐욕에 자신을 팔아 버렸다.

　'한 평', 백발의 억새꽃들에겐 용돈을 마련하는 공간으로, 어떤 사람들에게는 생계의 터전으로서 숨통을 틔게 해주는 공간이 된다. 꿈에 다가가려는 자에게는 간이역 역할을 하고, 주머니가 가벼운 이에겐 최소한의 의식주 해결 장소도 된다. 또한 영혼의 옷인 몸을 마지막으로 갈무리하는 데도 부족함이 없다. '한 평'은 작다. 하지만 적당한 비움과 채움의 공간으로서 행복을 싹틔우기엔 넓다. 무엇을 얼마큼 비우고 채울지 그것은 각자의 몫이지만 짧은 인생길에 비움의 여유를 아는 이는 분명 행복할 자격이 있다.

　바람이 작다면 채워지기 쉬운 게 삶이라 한다. 그러나 내겐 아직 해내고 싶은 일이 많다. 미치고(狂) 미친(及) 뒤에야 내 맘이 바뀔까?

　나는 바흠처럼 어리석다.

골무

바늘귀에도 찔린다. 두꺼운 코트 단추를 달 때나, 촘촘하고 뻣뻣한 천을 꿰매다 보면 바늘의 뒷걸음질에 상처 입는다. 재킷의 단추를 달다가 피를 본 날이다. 동그랗게 고이다가 흘러내리는 피를 닦으며 아린 손끝을 만진다. 골무를 찾아 반짇고리를 뒤적인다. 없다. 저번에 쓰고 챙겨 넣지 않았나 보다. 서랍의 반창고로 대신하려고 검지 끝을 몇 겹 감싸니 하얀 골무처럼 되었다. 이제 톡톡한 재킷 단추를 수월히 달아낼 수 있겠다.

세탁소집 아낙으로 살아온 어머니의 손은 거칠었다. 특히 엄지나 검지 끝마디가 실금처럼 갈라져 반창고를 감아 통증을 덜었다. 짜깁기할 때 바늘과 피부의 마찰까지 줄여 골무 역할도 했다. 이십대부터 서른 해 동안 바늘을 잡아 온 어머니. 짜깁기한 손님의 옷이 세탁물로 들어왔을 때 찬찬히 살펴 짜깁기 요령을 익혔다.

불티 맞은 비단옷을 들고 여러 세탁소를 전전하다 찾아 온 손님이 있었다. 명주는 실이 가늘어 짜깁기할 수 없다고 들었다며 반신반의하는 마음으로 옷을 맡기고 갔다. 어머니는 숙제를 무난히 해냈다. 한복 치맛단에서 원단 일부를 잘라 내 불티 구멍을 메웠다. 수선 부분을 찾기 어려울 정도였다.

낮에는 세탁소 일을, 밤엔 짜깁기로 생활비를 번 어머니. 가정을 돌보지 않는 남편 때문에 어린 오남매 뒤치다꺼리까지 일에 파묻혀 지냈다. 단칸방살이라 밤샘 짜깁기는 신경 쓸 부분이 더 있었다. 불빛이 자식들 잠을 방해할까봐 알전등을 달아 갓을 씌웠다. 삼십 촉짜리 알전구를 눈높이까지 내려서 바느질을 하다가 날이 밝곤 했다. 벽에 머리를 대고 잠깐 조는, 토끼잠이 든 어머니 모습이 아직도 눈에 선하다.

짜깁기는 원단이 없으면 감쪽같이 해낼 수가 없다. 그래서 수선할 옷의 바짓단이나 치맛단, 주머니 부분 등 여분의 천을 활용한다. 수선할 부위보다 좀 크게 자른 사각형 천의 가장자리를 일 센티미터쯤 나오게 올을 뽑는다. 그것을 수선할 곳의 씨실과 날실에 맞춰 놓고 실을 걸어 한 올씩 안쪽으로 당겨 내리면 차츰 찢긴 곳이 사라진다. 짜깁기는 옷감의 올을 본디대로 짜깁는 작업으로 실수하면 수선한 부위를 강조하는 꼴이 된다.

어머니의 반짇고리엔 어린 우리가 생신 선물로 사드린 골무가 들어 있었다. 한두 번 꺼내 쓰는가 하면 어느새 반창고로 손가락을 무장한 어머니였다. 골무가 마음에 들지 않나 싶어 천, 가죽, 금속류로 바꿔 봐도 상자에 모으기만 했다. 왜 그렇게 하시는지 물어보진 않았다. 바느질을 잘 모르니 골무가 필요할 때 쓸 거라 여겼다. 하지만 요즘 내가 반창고 골무를 써보니 어머니 마음이 얼핏 이해가 되었다. 반창고를 쓰면 골무보다 바늘 잡기가 편하고, 바늘귀에 밀리는 압력도 얼마간 견뎌 줘서 쓸 만했다.

골무상자가 어머니께 특별한 의미도 되었을 것이다. 꼬물거리는 자녀의 효심이 일감을 잡게 하고 밤을 견디게 만드는 판도라의 상자, 오로지 희망만이 빠져나가지 못하고 남아 있었다던 그런 게 아니었을까?

며칠 전 친정에 다니러 갔다. 무엇을 살까 하다가 단감을 샀다. 못난이 생감을 몇 개를 덤으로 얻었다. 생감부터 깎았다. 세탁소 시절 추억 속 생감 맛이 먹을 만했던 기억을 확인하고 싶었다. 어머니가 밤샘 짜깁기를 할 때 졸음과 허기를 쫓으려 한입씩 베어 물던 간식. 잠에서 깬 내가 어머니 혼자 맛난 것을 드시나 싶어 기어이 입을 댔다. 옛 맛이 나는지 좀 드셔 보시라고 어머니께 건네며 마침 생각난 골무 얘기를 꺼냈다.

"골무 끼고 앉아서 세월없이 바느질할 시간이 어디 있었겠노."

어머니가 깊은 한숨을 섞어 한 마디 했다. 짜깁기 잘 한다는 소문 덕에 일거리가 밀려드는데 손끝이 찢어져도 투구를 씌우고서야 일 감당이 되었겠냐는 얘기다. 한가하게 수나놓는 여인들에겐 고운 손을 지켜 주는 골무가 유용했겠지만 자신에겐 사치였다고 했다. 옛 생각이 나는지 표정이 가라앉아 보였다. 괜한 짓을 하고 있구나 하는 생각이 그제야 들었다. 세상에 생감이 맛나서 먹는 사람이 어디 있다고 그걸 권하며, 고달픈 시절 얘기는 왜 꺼내 가지고……. 어머니의 생감을 넘보던 때가 열두 살이었는데 그때나 지금이나 철 안든 건 똑같다.

실패에 바늘을 꽂고 난 뒤 손가락의 반창고를 푼다. 바늘귀에 찔린 손끝이 불그스름하면서 따끔거린다. 빨강색 누빔 천에 노랑꽃이 수놓인 골무는 어디로 간 것일까? 바느질할 일이 별로 없지만 '손톱 위의 투구'를 구매한 건 추억 때문이다. 세탁소, 짜깁기, 알전등, 감 등 어머니와 관련된 유년의 기억들을 골무가 품고 있다. 예쁘고 앙증맞기도 해서 책상에 두고 완상해도 좋을 듯하다. 골무가 필요하면 반창고골무를 쓰면 되니 바쁠 건 없는데 그래도 골무의 행방이 궁금하다.

Finder

약을 들고 겁쟁이가 된다. 복용 후엔 속이 더부룩하고, 약기운이 퍼질 즈음이면 식초를 마신 듯 위가 따끔거린다. 잠잘 때나 아침에 눈을 떠도 통증이 여전하다.

"그래도 연골 보호제는 꼭 드셔야 합니다."

무릎 연골판에 문제가 생겨 뼈에 미세천공수술까지 한 상태다. 두 달째 약을 먹으며 중간 검진을 받는다. 위통(胃痛)을 호소하니 의사는 최소한의 약만 처방한다. 당분간 두 주씩 걸러 수술 경과를 보되 재활까지 반년이 걸린다는 말에 맥이 풀린다.

수술 받기 전 1년 동안 여러 정형외과를 전전했다. 무릎에 물이 차고 걸을 때마다 시큰거려 일상이 힘겨웠다. 하지만 의사는 "별 이상 없으니 많이 걸어 근력을 키워라", "허리 문제가 다리까지 내려갔으니 허리 MRI부터 하자", "무릎 MRI를 보니 초기 관절염이다"…… 의사마다 견해가 달랐다. 관절염 초기라고 진단한 의사는 몇 달 동안 약을 복용시켰다. 그 결과 체중만 증가하고 병에는 차도가 없었다. 약이 비만과 관계있냐는 질문을 하자 그럼 식사량을 줄이라고 반응했다. 처방전을 버리는 것으로 나는 그를 마음에서 지웠다.

"엄마, 'ㅈ' 의사한테 같이 가봐요. 무릎 쪽을 잘 본다네요."

육아정보를 공유하는 사이트에 고민을 올렸던 딸이 '모' 의사를 지명하였다. 반신반의하며 따라나섰다. 정형외과 방이 여럿 있음에도 한 진료실 앞에만 사람들이 장사진을 이뤄 대기시간이 길었다.

의사와의 첫 만남은 눈빛이 살아있다는 느낌이었다. 무릎 상태를 보면서 혹시 MRI 챙겨 왔으면 달라고 했다. 최근 게 있으면 다시 찍을 필요가 없다는 것이다. 왕복 2시간을 달려 부산 ㅅ병원까지 가서 CD를 복사해 왔다. 뭐가 문제인지 영상이 재생되지 않았다. 허탈한 기분으로 자기공명장치에 나를 맡겼다.

'Finder'란 이름을 가진 기계 속에 갇힌 몸은 사물처럼 놓여 있었다. 소음 때문에 귀마개를 했어도 바람 휘는 소리, 망치소리, 드릴소리, Finder의 한숨소리, 그리고 잠시 고요가 깃드는가 하면 똑같은 소리가 반복되었다. 두려움을 잊으려 눈을 감았다. 몸을 비틀어 움직이고 싶다는 갈망이 고통이 될 때쯤 40분이라는 종점에 닿았다.

MRI를 차근차근 살피던 의사가 "많이 아팠겠는데요."라고 했다. 무릎 상태를 몰랐느냐고 물었다. 나는 바보처럼 웃었다. 그동안 의사라는 무늬를 실체라 착각한 오류 때문에 적잖게 힘들었다 말한다면 이 분은 어떤 표정을 지을까.

2년 전 가을, 난생처음 몸에 칼을 댔다. 등 왼쪽 견갑골 근처에 덩어리가 잡혀 병원에 갔다. 넓고 두툼한 손바닥 크기로 뻐근함이 느껴진 까닭이다. 의사는 근육이 뭉친 거라며 근육 이완제를 놔주고 약 처방전도 줬다. 일주일이 지나도 상황이 달라지지 않았다.

"고모 내 눈엔 지방종인데."

수간호사인 조카에게 등을 보였더니 걱정할 필요는 없다고 했다. 그 후 내 등엔 한 뼘 길이의 절개 흉터가 생겼다. 지방종이 근막에 붙어 있어 전신마취 수술을 받았다. 수영복을 입고 아쿠아로빅을 할 때마다 나는 붉고 긴 칼자국을 의식하였다. 혹시 남들이 징그러워하지 않을까 움츠러들었다. 몸에 생긴 흉터는 마음의 거스러미가 되었다. 근육 뭉친 것과 지방종을 혼동한 의사, 의료진 중엔 신분적으로만 지식이 있는 양하는 이도 있다는 사실이 두려움을 자아낸다. 적잖게 들려오는 의료사고 소식을 단지 남의 일로만 여기기엔 우리네 삶이 병과 가까운 이웃이다.

사람의 몸도 기계와 같아 세월이 지나면 녹슬고 고장 난다. 아픈 곳을 제때, 제대로 치료받지 못하면 병이 깊어진다. 엄청난 지출이 따르고, 가족까지 굴비처럼 엮여 어려움에 처한다. 환자가 되면 수동적 존재로 전락한다. 불편한 육신 때문이기도 하지만 오로지 의사의 손길과 판단을 기다려야 한다는 의미에서 약자다.

'끊임없이 입 속으로 고이다 흘러내리는 침을 정상적으로 삼킬 수만 있다면…….'

『엘르』지의 편집장으로 잘나가던 장 도미니크 보비의 바람이다. 40대에 뇌졸중으로 쓰러진 그는 왼쪽 눈꺼풀만 살아남는다. 몸이 보이지 않는 잠수복에 갇힌 듯한 상황에서 클로드가 읊조리는 알파벳에 20만 번 이상 눈을 깜박인다.

그렇게 15개월 동안 쓴 책이 『잠수복과 나비』다. 그는 이 책을 통해 '침'이라도 제대로 삼킬 수 있다면 세상에서 가장 행복한 사람이 될 것 같다고 써서 소소한 일상의 소중함에 눈을 뜨게 한다.

자신의 병을 투명하게 들여다봐 줄 의사를 찾는 똑똑한 'Finder'가 될 수 있다면 좋겠다. '병은 소문내라'고들 한다. 사람들은 병을 안고 방황하는 이에게 자기가 아는 만큼의 정보를 꺼내 준다. 소문을 듣다보면 한 분야에 공통적으로 언급되는 의사가 있기 마련이다. 의술만 뛰어난 게 아니라 사람까지 따뜻하다면 좋겠지만 그건 욕심이다. 바쁘더라도 깊은 눈으로 아픔을 살피고 올바른 처치를 해줄 때 환자는 의사에게 마음의 줄을 댄다.

몸에 갇혀 지내는 이즈음이다. 처음엔 바퀴의자를 타야했고 퇴원 후 두 달을 넘긴 지금은 목발에 의지한다. 앉고 서는 일에 구속당하고 목발 때문에 손이 독립성을 잃었다. 평범하게 걸으며 산책하고, 대중교통도 마음껏 이용할 수 있는 날을 기다린다. 보통의 일상이 축복임을 앞으로는 더 몸으로 배우는 일이 없었으면 한다. 오늘은 절룩거리지만 내일은 걷고 뛸 수 있는 미래가 있다는 사실에 기댈 수 있어 고맙다.

선

30센티미터 자를 대고 선을 긋는다. A4 용지에 가로세로 여백을 1.5센티미터쯤 두고 직사각형을 그린다. 주간 계획표를 만드는 중이다. 직사각형 안에 가로로 한 줄을 좁게 긋고, 아래에는 여백을 넓게 둔다. 여기에 세로줄 6개를 그리면서 요일을 써넣으면 계획표의 틀이 완성된다.

백지에 줄을 긋는 일은 집중력을 요한다. 자의 양끝을 맞추어 누르는 힘이 균형을 이루지 못하면 자가 비틀어진다. 삐딱한 선은 시작하는 기분을 망치므로 다시 그려야 한다.

백지가 번거로울 땐 줄 공책에 덧그리기를 한다. 원하는 넓이만큼 칸을 따라 가로줄을 그으면 되지만 바탕 줄이 빗나가면 이중선이 되어 주의해야 한다. 세로로는 아래위 일정한 간격으로 점이 있어 그 점을 잇되 개수를 잘 헤아려야 사선이 되지 않는다. 찬찬한 손길을 요하는 선 그리기는 어렵다.

삶이란 건 개인이, 혹은 사회가 그린 선들의 조합에 자신을 맞춰 가는 여정인 것 같다. 사람들은 삶의 여백에 여러 형태의 선을 그리고 모양을 만들며 인생을 스크랩한다. 그렇게 형태를 이룬 것은 꿈이거나 계획이거나 잘 짜인 일상으로 불린다. 틀에 맞추는 것, 선을 지키는 것이 우리를 반듯하게 만들고, 풍요롭게 하겠지만 일탈·권태·반항 혹은 자만심은 그것을 깨뜨리기도 한다.

세상은 여러 형태의 선들로 구성된다. 직선과 곡선, 굵거나 가는 선, 길고 짧은 선, 실선과 점선 등이 자연의 힘이나 인간의 상상력에 의해 외형을 갖추거나 내면에 자리한다.

자연이 순백의 마음으로 해안선을 그리고 능선을 손질했다면 사람들은 국경선, 공유지와 사유지, 인도와 차도, 남의 집과 내 집, 실내와 실외 등을 구분하는 선에 목적을 담았다. 문명과 문화가 발달할수록 생겨나지 않아야 할 곳까지 선 의식이 생겨나면서 사회적 파장이나 감정적 사태를 야기하는 일도 흔해졌다.

부(富)나 권세를 가진 계층, 지식층의 사회적 범죄 저변에는 윗선 의식이 자리한다. "'나'니까 괜찮아."라는 독선이 불특정 다수의 사회적 약자에게 고통을 주기도 한다. 선을 벗어난 남녀의 만남이 '사랑하기 때문에' 용서 되리라는 아집으로 발전하면 가정 파탄이 난다. 필부들의 언행이 '최소한의 예의'라는 선을 넘는 순간 분노는 날갯짓한다.

최소한의 예의를 갖추는 일이 때로는 어렵다. 사람들이 자가용을 갖는 이유는 편리함을 위해서지 주차장에 두고 자기만족을 하자는 건 아니다. 그런데 타 아파트에 주차했다가 황당한 경우를 겪으면서 '선'을 지키는 데 필요한 인내의 가치를 알았다.

〈방문 차량은 경비실에서 임시 주차증을 발급받아 운전석 앞부분에 둘 것, 그렇지 않은 경우 불법 주차 스티커를 부착함〉

아파트 평수가 넓은 곳은 60평대까지 있는 S아파트는 좀 있다는 사람들이 산다. 각 동마다 관할 경비실이 있고, 좁은 평대를 관리하는 경비보다 큰 평대를 관리하는 경비가 입주민의 위세를 업고 방문객에게 더 권위적이다. 호가호위(狐假虎威)가 따로 없는 곳이다.

벌써 10년 넘게 S아파트에 드나들었던 나는 저녁 9시 이후 단속이 심해지는 것을 알기에 임시 주차증을 끊으러 갔다.

"방문 논술 교사인데요. 2시간 후에 차를 뺄 거고 ○○동 ○○호에 갑니다."

하릴 없이 앉아 있던 경비는 힐끗 쳐다보며 귀찮다는 듯 차를 어디 세웠느냐고 물었다. 그리고는 자기 관할이 아닌 동에 세웠다며 차를 옮기라고 했다가 주차할 곳이 없더라고 하자 경비실로 불러들였다. 흑표지의 주차증 묶음을 툭 밀며 쓰라고 했다.

"내 돈 생기는 일도 아닌데 귀찮게 구네. 주차증 찍어 오는 데는 돈 안 드는 줄 알아?"

차량 번호와 방문 호수, 주차 시간을 파란 종이에 적는 동안 경비는 온갖 말로 신경을 건드렸다. 주변 주택가에서 몰래 주차하는 경우가 잦아 민감해졌음을 알기에 참기로 했다. 하지만 매주 금요일 S아파트 방문 시간은 스트레스였다. 그러던 어느 날 술 냄새까지 풍기는 경비를 더는 보지 않기로 했다.

"이제 그만 하시죠. 차라리 불법주차 스티커를 붙이세

요. 하지만 제가 이 아파트에 온 건 입주민이 원해서입니다."

상대가 환갑을 넘은 노인이라 울컥 올라오는 감정을 참으며 돌아서는데 경비는 갑자기 "이리와! 이리 오라니까!"라며 소리쳤다. 출입문까지 나와서 "야, 이리 와서 써. 내 말 안 들려!"라고 했다. 아마 관리실에 가서 따지거나 입주민에게 알려 불이익을 당할까봐 우려했던 것 같다.

수업이 끝나자 나는 학부모에게 말을 꺼냈다. 경비의 행태를 입주민도 알 필요가 있고, 경비원은 아파트 이미지의 한 부분이기 때문이다. 이후 나는 S아파트 방문을 끝냈으나 마음속 분노는 아직도 활화산이다. 사람과 사람 사이에 지켜져야 할 선, 그걸 짓밟으며 경비는 우월감을 느꼈을까? 자신이 휘두른 칼날이 부메랑이 되어 돌아올 수 있음을 그가 늦지 않게 깨달았으면 한다.

사람들의 삶에 자리한 선들과 그 조합으로 이루어진 틀. 사람은 지켜야 할 것과 지킬 수 있는 것, 거부해야 할 것과 포용할 것, 극복해야 할 것과 버릴 것 등을 헤아릴 수 있어야 한다. 스스로가 정을 든 석수가 되어 자신의 모난 곳을 내리칠 수 있을 때 비로소 선(線)의 경계에서 자유로울 수 있다.

디지털 시대에 아날로그적 선 그리기를 하는 나를 두고

시대에 뒤떨어졌다고 할 수도 있다. 그러나 나는 늘 자로 표 그리기를 하며 인생을 계획하려고 한다. 겸손한 마음으로 주의력을 키우지 않으면 제대로 그릴 수 없는 선, 빗나가거나 겹선이 되면 다시 그리기를 하며 구부러지고 비틀어진 삶을 바로잡을 것이다.

마음 한 자리

일주일에 두세 번 시외버스를 타고 부산에 간다. 울산에서 부산 노포동 지하철역까지는 한 시간쯤 걸린다. 그다지 긴 시간은 아니지만 자리 선택에 신중해진다. 조용한 자리를 선호하는 까닭이다. 출입구 앞좌석은 시야가 확 트이는 장점이 있는 만큼 단점도 있다. 간간이 정류장에서 타고 내리는 승객 때문에 산만하다. 셋째 줄 창문 쪽 자리를 마음으로 찜한다. 자리에 엉덩이를 붙이는 순간부터 요즘 흔히 하는 표현으로 '멍 때리기'를 한다. 가끔 아무 생각도 하지 않음은 마음의 바다를 한없이 평화롭게 만든다.

터미널에서 대기 중인 버스를 타는 덕분에 원하는 자리

에 앉는 편인데 그날은 한 발 늦었다. 먼저 탄 승객들이 통로의 오른쪽, 왼쪽 창가 자리를 찜하고 휴대폰을 들여다보고 있었다. 나는 봄의 느낌이 충만한 날 정면 풍경이나 즐기자는 생각으로 출입문 앞자리를 택했다. 10여 명의 승객이 띄엄띄엄 앉은 상태에서 오전 11시 버스 출발 신호가 울렸다. 그때 한 중년 여자가 황급히 차에 올라 운전석 바로 뒤에 앉았다. 나랑은 바로 통로를 사이에 두고 있어 그녀의 말과 행동이 고스란히 귀와 눈에 닿았다.

"아, 내다. 12시까지는 못 가니까 아프면 병원에 가 있그라. 어제 가라카이 말 안 듣더니, 아파서 강의 못 듣겠다꼬 교수한테 말해라."

여자는 목청이 꽤나 컸다. 버스가 출발하자마자 시작된 여자의 통화. 언제쯤 끝나나, 제발 이 소음이 빨리 끝나기를 바라며 창밖 풍경에 집중하려 했지만 소리를 모으는 귀는 충실히 제 소임을 다했다. 버스가 시내를 벗어나 도시 외곽을 달릴 때쯤 버스 기사가 안내 방송을 틀었다.

"벨소리를 진동으로 바꾸시고, 통화 시 목소리를 낮추어……."

여자는 들은 척도 하지 않았다. 높은 톤의 통화가 이어지자 기사는 다른 손님들도 계시니 목소리 좀 낮추어 달라고 했다. 몇 분 후 차분한 목소리로 다시 부탁했다.

"진짜 짜증나 죽겠네. 뭐 이런 기사가 다 있어? 왜 이래라 저래라 카노. 남은 긴급 통화 중인데."

여자는 운전석까지 나가 삿대질을 했다. 이 따위 운전사는 이름과 차번호를 인터넷에 올려 뜨거운 맛을 보여야 한다며 협박했다. 기사가 삿대질을 당하는 소란 속에서도 승객들은 침묵했다. 화가 난 기사가 난폭운전이라도 하면 어쩌나, 걱정이 되면서도 참견할 용기가 없어 나도 마른침만 삼켰다. 드세 보이는 여자의 불똥이 내게 튀면 종일 기분이 언짢을 것이 아닌가. 나는 눈치를 살피다가 슬며시 뒷자리로 옮겼다. 젊은 승객들은 이어폰을 꽂은 채 무표정했고, 두어 명의 중년 남자는 귀찮다는 듯 미간에 주름을 잡고 눈을 감고 있었다.

"그렇게 하시죠." 버스 기사가 담담한 듯 말했다. 말은 그렇게 했지만 룸미러를 통해 언뜻언뜻 보이는 그의 표정에는 불편한 기색이 가득했다. 다른 승객을 위한 조치였지만 공중도덕을 팽개친 여자의 일방적 행위에 시달릴 일이 심란했던 모양이다. 버스가 종점을 향하는 동안 나는 일련의 소란을 수첩에 쓰기 시작했다.

"저, 혹시 오늘 일 인터넷에 올라 문제가 되면 연락 주세요. 돕고 싶습니다."

날짜와 버스 시간, 소란에 대한 간략한 메모와 연락처가 담긴 명함을 기사에게 건네 준 것은 미안함의 표현이었다.

지하철에 옮겨 타고 빈자리를 찾아 앉았다. 버스에서의 일 때문인지 길게 마주 앉은 사람들의 얼굴 하나하나를 뜯어보게 되었다. 평온해 보이는 표정 뒤에 숨어 있는 모습에 대한 궁금증이 고개를 들었다. 어쩌면 사회라는 곳에서 적당히 가면을 쓰고 사는 게 서로에 대한 최소한의 예의를 지키는 방법이 되지 않을까 생각했다. 불편했던 기분이 가라앉자 나른해지면서 잠이 왔다. 잠시 눈을 붙일까 하며 의자 등받이에 몸을 기대던 참에 휴대폰 진동이 울렸다.

아까는 경황이 없어 명함만 받았다며 고맙다는 버스 기사의 전화였다. 목소리가 좀 가라앉긴 했지만 웃음기를 담고 있어 듣기 편했다. 다행이었다. 그는 종일 버스 승객의 안전을 책임져야 할 운전자가 아닌가. 그는 내게 손님 같은 분이 계셔서 일할 힘을 얻곤 한다며 안전 운전하겠다는 약속을 남겼다. 푼돈 같은 내 관심이 누군가에게 힘을 준다는 사실이 기뻤던 하루였다.

부산 가는 시외버스에 올라 즐겨 앉는 자리로 찾아들었다. 저번 버스에서의 일이 잊히지 않아 어떤 승객이 타는지 슬쩍슬쩍 살펴보게 되었다. 차량이 터미널을 빠져나와 국도를 시원하게 달리자 그제야 창밖 풍경 속으로 마음을 내보냈다. 한참 달린 버스가 웅촌 정류장에 서자 할머니 한 분이 올라탔다. 빈자리가 절반 이상이나 되니 편한 데를 찾아 앉으려니 했다.

여기 앉아서 갈까? 혼잣말을 하시나 싶어 고개를 돌리니 할머니가 나를 보고 계셨다. 자신의 딸 또래 같다며 얘기나 하면서 가자는 거였다. 밭일을 하다 그냥 온 듯 황토가 묻은 운동화와 빛바랜 붉은 점퍼에 낡은 배낭을 메고 있었다. 내키지 않았지만 붉은 잇몸이 드러나 보이도록 활짝 웃고 계셔서 나도 따라 미소를 지었다. 내가 옆자리에 두었던 가방을 치웠다. 반시간 정도 노인에게서 인생 얘기나 들으면서 가자고 편히 마음먹었다. 살아가면서 마음 한 자리 내주는 일이 어려운 게 아닌데 가끔 인색하고 이기적인 나를 발견하게 된다.

"몇 살이나 되었소?" 하는 목소리가 건너왔다.

마음을 내주고 있는 것이 내가 아니고 노인이라는 사실을 순간 깨닫는다.

내 안의 그 언어들

밤은 언어의 부표(浮漂)로 가득하다. 일상에서 내뱉지 못한 말들이 밤하늘의 별처럼 떠올라 나를 잠의 부두에 정박할 수 없게 만든다. 그럴 땐 생각의 나룻배를 타고 부표 사이를 헤매곤 한다. 연실을 풀 듯 풀어내고 싶은 언어들. 그것들을 가슴에 가둬둔다는 건 만성체증처럼 답답하다. 하지만 '말하다'의 유희에 빠져버리면 헤어나기 힘든 중독성에 빠질까 봐 말없음표(……) 거기에 나를 둔다.

　우리 전래 동화 중에 임금의 비밀과 맞닥뜨린 두건 장수 얘기가 있다. 비밀을 지키라는 왕의 지엄한 명을 받고 참고 참다가 입도, 귀도 없다고 믿었던 대숲에서 "임금님 귀는 당나귀 귀"라고 소리쳤던 두건 장수. 그는 죽었어도 소리는 살아남아 세인들의 입방아에 올랐다. 두건 장수는 왕의 비밀을 잊으려 애썼을 것이다. 하지만 그 애씀이 오히려 비밀을 더욱 비밀스럽게 했기에 대숲이라는 차선(次善)을 택할 수밖에 없었다. 비밀을 서로 공유하면서 지키는 일은 쉬운 게 아닌 모양이다. 이런 문제로 자격 운운한다는 건 우습지만 자신이 입을 다물어 버릴 때 누군가가 행복해지고 그 삶이 지켜진다면 그걸 꿋꿋이 가져갈 수 있는 이만이 비밀을 들을 자격이 있다.

비밀스러운 뭔가를 가슴 안에 두는 일이 힘들어 나도 가끔 두건 장수가 되곤 한다. 답답증을 풀어내려고 아주 오랜 친구를 찾아가곤 한다. 내가 말을 흩어놓지 않게 도와준 친구, 그 일기장에다 꽁꽁 묶어두었던 언어들을 풀어낸다. 나는 일기장을 'G'라 칭한다. Green의 첫 자를 땄다. 녹색의 이미지는 자연 속에 머무는 듯 상쾌함을 주고, 바다의 느낌도 나며, 푸릇푸릇한 젊음의 분위기도 있어 G라 이름 지었다.

G는 내가 유일하게 마음을 터놓는 친구다. 평소에 좋아했던 선배나 동료가 말을 와전시켜 의외의 상처를 준 때가 있었다. 와전된 말보다 믿고 따르던 사람에 대한 실망감에

많이 힘들었다. 비밀스럽지 않던 사실들이 입방아에 오르면 어느 새 비밀이 된다는 게 신기했다. 그런 행동을 하고서도 점잖은 척 사람 사이를 누비는 그를 보면서 사람을 함부로 '잘 안다'고 말해서는 안 된다는 걸 알았다. 그 후 하루에도 몇 번 씩 G에게 투정을 부리다 보니 어느 새 두꺼운 대학 노트가 여러 권 쌓였다. 이쯤 되면 남의 수다를 흉볼 자격이 없다.

여러 해 전, 70년 넘게 일기를 써 오다가 입적한 큰 사찰의 노승 애기가 떠오른다. 앉은뱅이책상 앞에서 하루도 거르지 않고 일기를 쓰셨다는 분. 그분이 떠난 자리엔 무릎 높이의 일기장 묶음이 방을 차지하고 있었다. 누군가 읽어 주지 않는다면 종이 무더기에 지나지 않을 기록들. 일기라는 게 비공개를 전제로 한 개인의 기록이기에 주인과 마지막을 함께해야 하지 않나 하는 생각이 들었다. 하지만 노승은 일기를 세상에 남겼고 그것이 사람들에게 알려진 이상 그냥 폐기해 버리지는 않을 것 같다. 만약 공개된다면 어떤 독백들로 채워졌는지 읽어보고 싶다. 일기를 쓰는 일이 자기와의 대화를 통한 성찰이었다면 구도자로서의 삶을 올곧게 이끌어 가는 뿌리가 되었을 터, 그 시간을 넘보고 싶다.

노트 일기에서 컴퓨터 일기로 바꿔 쓰기 시작한 지 사흘째다. PC로 일기를 쓰게 되면서 생각 스펀지에 스민 언어의 물기들을 꾹꾹 짜내는 일이 잦아졌다. 쓰고 지우는 일이 쉬워져서 이말 저말을 두서없이 써댄다. 사실 노트에 일기를 쓰면서 불안감이 없진 않았다. 잘 치워 둔다고는 하지만 일기장인 줄 모르고 그걸 펴 보는 사람이 있을 수도 있다. 그래서 일반 노트들 사이에 섞이도록 일기장을 끼워두곤 했다. 전에 우연히 방바닥에 둔 동생의 일기를 훔쳐본 전적이 있기에 더욱 신경이 쓰였다. 이젠 컴퓨터에 패스워드만 잘 걸어두면 내 안의 언어들을 지켜낼 수 있으니 한껏 나를 털어낸다.

경북 예천군 대죽리에 가면 말무덤이 있다. 말(馬)이 아니라 말(言) 무덤이라기에 어떤 데인지 확인하고 싶었다. 마을 입구 야트막한 산에 보통 묘 두 배 정도의 무덤 같은 게 엎드려 있었다. 말무덤(言塚)이라는 석비(石碑) 하나가 서 있을 뿐이었지만 의미가 무겁게 느껴졌다.

5백여 년 전, 각성바지들이 살아가던 마을이다 보니 사소한 말 한 마디가 씨가 되어 문중 간에 싸움이 그치질 않았다. 마을을 둘러싸고 있는 산의 형세가 마치 개가 입을 벌리고 있는 주둥이 모양이어서 다툼이 잦다는 나그네의 말을 듣고 특별한 처방이 내려졌다. 개의 송곳니와 앞니 위치에 재갈바위를 세우고 마을 사람 모두가 사발 하나씩을 가져와 말썽 많은 말을 뱉게 했다. 그리고 이 사발을 구덩이에 묻었더니 싸움이 사라졌다고 한다.

　말을 뱉어서 묻는 행위란 것을 내 식으로 풀어낸다. 누구나 자기만의 말무덤을 가지는 것은 어떨까? 자신은 자신대로 답답증을 해소하면서 타인에게 해가 되지 않는 방법, 내가 G를 가진 것처럼.

탑사에서

사찰의 진입로나 등산로, 계곡 주변의 너럭바위 등에 크고
작은 돌멩이로 만든 탑에서 마음자리를 읽는다. 누군가가 장
난스럽게 한 개를 만들고 나면 거길 오가는 이들이 손을 보
태면서 작은 탑사가 생겨난다. 탑의 개수가 많아지면 그 자
리엔 위엄이 어린다. 아이들이 망가뜨리려고 하면 어른들이
말린다. 돌을 쌓아올리는 마음, 그 염원을 알기 때문이다. 세
월이 흐르는 동안 무너지고 쌓아올리는 일이 반복되는 곳,
선남선녀가 만든 아기자기한 탑사가 나는 좋다.

　울산에서 밀양 방향으로 삼사십 분 차량으로 달려 가지
산 줄기를 타고 앉은 언양으로 간다. 비구니들의 도량인 석

남사(石南寺)가 있는 곳이다. 일주문을 지나 청운교에 이르면 맑은 개울물이 시선을 끈다. 개울을 타고 앉은 백여 기의 돌탑이 방문할 때마다 앉음새와 생김새, 높이가 달라져 이곳을 둘러보는 재미가 있다. 개울가 너럭바위엔 한바탕 탑 쌓기에 지친 여행객이 숨을 돌리고 있다. 한편에선 '와르륵~ 딱' 하는 울림과 함께 "아- 안 돼! 또 무너졌어." 하는 절망에 찬 소리가 들린다. 내 걸음이 그리로 향한다.

지난 가을 석남사 계곡에서 돌탑 쌓기에 도전했었다. 납작한 돌을 찾아내 차분하게 겹쳐 올렸지만 높고 멋지게 쌓겠다는 욕심 때문인지 시간만 허비했다. 남들은 아래엔 중돌, 중간엔 작은 돌, 제일 위에는 어른 머리통만한 돌을 올려놓고도 균형을 잘만 잡는데 나에게는 여간 어려운 일이 아니었다. 큰 것부터 차례대로 얹어도 다섯 개를 못 넘기고 허물어졌다.

남들이 완성된 돌탑 옆에서 기념 촬영하는 걸 보며 의기소침해 있자 슬며시 납작한 돌멩이를 쥐어주는 손이 있었다. 염원을 담으면 되는 거지 높이가 무슨 상관이냐고 빨리 마지막 돌을 올리라고 남편이 재촉했다. 나는 삼 층짜리 돌탑 위에 작은 돌멩이를 놓았다. 까만 돌이 동그마니 올라앉아 있는 걸 다음에 와서도 볼 수 있기를 바랐다.

개울 쪽으로 내려서면서 지난 가을 염원을 올려놓았던 돌탑을 찾아본다. 모두가 비슷비슷한 느낌이지만 아무리 봐도 내 것은 없다. 진안 마이산에 이갑용이라는 처사가 쌓았다는 백여 기의 돌탑은 백 년이 흘러도 끄떡없는데 나는 고작 네 개의 돌멩이를 덧놓았을 뿐인데도 흔적이 없다. 정성이 부족했던가 보다.

젊은 연인들이 쌓는 돌탑이 제법 어른 키 높이까지 닿는다 싶었는데 한순간에 와르르 무너져 내린다. "치우고 이제 그만 가자." 짜증난 그들이 자리를 뜨자 주변 사람들도 하나둘 일어난다. 방문객이 머물던 자리엔 아이와 어른 탑이 옹기종기 서 있다. 누군가가 솜씨 있게 만든 불균형한 미의 탑도 간혹 눈에 띄어 감탄하게 만든다. '반천초등학교 5학년 1반 친구들 솜씨'라고 적힌 동자(童子)탑은 미소를 머금게 한다. 곧 무너질 듯 기우뚱하지만 아이들 솜씨답게 장난기가 느껴진다.

동행한 가족들이 탑 보시를 시작하자 나도 돌멩이를 주워 모은다. 손바닥만 한 것부터 크기별로 챙기면서 손톱만큼 작은 돌도 줍는다. 돌을 쌓아올리는 것도 중요하지만 오래 견디게 하려면 돌과 돌 사이를 고정시켜 주는 끼움 돌을 잘 넣어야 한다.

범인(凡人)들이 지상에 두드러기 같은 탑을 쉼 없이 만드는 까닭은 바람의 은유다. 무너지면 쌓고, 또 쌓으며 기원을 하늘로 올린다. 돌을 층층이 놓고, 끼움 돌로 겸손하게 균형을 잡으면서, 바람을 이루려는 노력을 보태겠다는 다짐이 소박한 탑사를 채우고 있다.

석남사에 오기 전 남편이 누런 종이로 포장된 벽걸이 액자를 내게 줬다. 선물이라고는 안 하는 사람이 뜬금없이 내미는 것에 적잖이 당황해 이게 뭐냐고 물었다. 좋은 글귀가 있어 서예가에게 부탁했다며, 풀어보라고 했다.

'유지자 사경성(有志者 事竟成).'

뜻을 가진 자는 그 일을 마침내 이룬다는 의미의 글귀였다. 무슨 일을 시작하든 자신감이나 믿음이 부족해 망설이는 모습이 안쓰러웠다고, 힘을 내서 뜻하는 바를 이루라고 했다. 나는 거실 벽에 일 미터가 넘는 액자를 걸며 마음에도 새겼다.

남편과 힘을 합해 돌탑을 쌓는다. 급한 성격의 나와는 달리 꼼꼼하고 차분한 편인 사람, 그의 손길이 작품을 만들어낼지도 모른다는 기대를 한다. 평평한 돌을 모아 들여 균형을 잡아 나간다. 사이가 뜨는 데가 있으면 자잘한 돌을 넣고 다시 돌을 올려서 살짝 흔들어본다. 네 개, 다섯 개, 여섯 개까지 쌓으니 불안하다. 그냥 이쯤에서 그만두자고 하니 남편이 동글납작한 돌 하나를 준다.

마지막 돌을 올려놓고 나는 잠시 두 손을 모은다.

봉침기

바깥나들이보다 집에 있는 걸 좋아한다. 외출이라고는 마트에 가거나, 도서관에 가서 책을 빌리거나, 가끔 공적인 모임에 가는 게 전부다. 그것도 차를 갖고 나갔다가 용무만 끝내면 바로 귀가하니 계절 변화에 둔감한 편이다. 거짓말을 좀 보탠다면 더우면 여름이고, 추우면 겨울인가 한다.

올해는 여느 해와 달리 봄을 기다렸다. TV 카메라가 보여 주는 한반도 남단의 봄 풍경이 아니라, 손에 잡히는 봄을 원했다. 하지만 이상 저온 현상으로 내가 바라던 봄은 갈팡질팡 왔다.

길 건너 종합운동장 넓은 화단에 산수유와 매화가 꽃망

울을 틔울 무렵 집을 나섰다. 자생력이 강한 서양민들레도 잔디밭 곳곳에서 해바라기를 하니 웬만하면 녀석들을 볼 수 있을 것 같았다.

나지막한 매화나무에 하얀 꽃이 핀 둘레를 살금살금 살폈다. 산수유 노란 꽃과 민들레도 자세히 봤다. 없다. 아직 없다! 희고 노란 꽃 주위를 서성이는 날벌레들뿐이었다. '혹시나' 했던 기대가 '역시나'로 돌아서면서도 눈길은 개나리 울타리를 더듬었다. 그때 어디선가 붕붕거리는 날갯짓 소리가 들리는 듯했다.

"이 봉독요법은 야생 꿀벌의 침에 들어 있는 독을 전기 충격법을 써서 추출합니다. 일반 벌침요법과는 다릅니다."

올겨울 들어 일주일에 두 번씩 팔 주째, 봉독 치료를 받고자 한의원에 다닐 때 들은 설명이다. 인체 면역 기능을 단련시켜 그 힘으로 질병의 뿌리부터 치료를 한다지만 봉독 치료는 의료보험 적용도 되지 않았다. 그런데 내 몸은 육십 회 이상 봉독 치료가 필요한 상태라고 했다. 어떤 환자에게 의사가 구십칠 회째 주사하겠다는 말을 듣는 순간 내 머리는 삼만 원 곱하기 구십칠을 하면서 놀라고 있었다.

병을 키우지 않았으면 좋았을 거라는 후회를 한다. 왼쪽 무릎이 시큰거리고 쿡쿡 쑤시는 간격이 잦아질 때까지 '나중에'라면서 이 년을 보냈다. 무릎에서 골반, 발목 통증까지 몸 왼쪽에 문제가 집중된 뒤에야 병원을 찾았다. X-레이에도, MRI에도 무릎과 골반의 이상은 잡히지 않았다. 정형외과에서는 퇴행성관절염이라고 했다. 약 먹을 때는 걷기 좀 편하다가 약이 떨어지면 불편해지는 상황이 반복되었다.

친정어머니처럼 해보기로 했다. 어머니도 사십대부터 관절염으로 고생했다. 무릎관절에 물이 차 병원에 다녔지만 다리가 제대로 펴지지 않고 보행도 힘들었다. 세탁소 일에오 남매 뒤치다꺼리까지, 앓을 시간조차 없던 어머니는 침, 뜸, 민간요법 등 뭐든 했다. 하지만 온갖 치료의 흔적만 흉터로 남았다. 어머니는 벌침이 관절염 치료에 좋다는 말에 희망을 걸었다. 살아있는 벌의 침이 피부를 직접 쏘게 되면 알레르기나 쇼크가 올 수 있었으나 낫고자 하는 열망으로 위험 부담을 안았다.

남이 놔준다고 해도 오금이 저릴 일을 어머니는 혼자 했다. 핀셋으로 벌 꽁무니를 잡고 피부에 갖다 대면 벌은 침을 쐈다. 벌침이 가진 항염증 효과 덕인지 다리가 회복된 어머니는 요즘도 벌을 애용한다. 최근에는 교통사고 후유증으로 허리와 어깨통증에 시달리는데 스무 마리의 벌을 한꺼번에 쓸 때도 있다.

벌에 쏘이면 정신이 아뜩해진다. 아리고 욱신거리는 통증은 말로 표현하기가 어렵다. 쏘인 부위가 부어오르기 시작하면 가려움증까지 동반되는 괴로움은 또 얼만지. "나한텐 벌이 잘 맞아." 애써 고통을 참는 어머니의 말이다. 몸에 무리가 올까봐 걱정하는 딸의 말에도 아랑곳없다. 오히려 벌을 못 구해 아프다며 염려를 일축할 뿐이다.

벌침으로 아픔을 다스리는 어머니가 힘든 계절은 겨울이다. 겨울엔 벌이 먹이활동을 못하기 때문이다. 어떤 해에는 꿀벌을 분양받아 쓰기도 했으나 말벌의 공격으로 모두 폐사했다.

올봄엔 나도 벌을 기다려 봉침을 맞아 보려 한다. 돈과 효과를 고려한 결심이다. 벌을 잡긴 쉽다. 꽃에 내려앉아 꿀과 화분을 따는 중인 벌에게 비닐봉투를 살짝 덮어씌우면서 입구를 꼭 쥐면 벌은 봉투 안에서 붕붕거린다. 그렇게 잡은 벌로 어머니처럼 해볼까 한다. 핀셋으로 벌을 집는 일과 살에 갖다 대는 일, 통증을 참는 일까지 생각만으로도 아프지만 잘 봐두었으니 나도 할 수 있지 않을까 애써 긍정하는 것이다.

매화꽃에 취해 있던 벌 두 마리를 잡다가 침 맞을 준비를 한다. 무릎까지 바지를 걷어 올리고 벌을 피부 가까이 가져가려니 손이 떨린다. 환부에 펜으로 표시를 해놓고 다시 팔을 뻗자 작은 가시 같은 침이 무서워 비명을 지른다. 몇 번폼만 잡다가 결국 포기해버린다. 웬만큼 독해서는 할 수 없는 일이라며 자기합리화를 한다.

요즘은 꽃이 지천인 계절에도 벌이 흔치 않다. 기후변화, 전자파, 바이러스, 살충제 등이 벌을 사라지게 한다고 추정할 뿐 명확한 원인은 아직 모른다고 한다. 이런 보도를 자주 접하면서도 벌이 사라지고 있다는 사실이 믿기지 않는다. 잠시 보이지 않을 뿐이라고 믿고 싶다. 하지만 학자들의 경고는 엄중하다.

"벌이 집단으로 사라지는 봉군붕괴가 지속되면 꽃가루 매개의 균형이 깨져 지구 생태계가 무너질 수도 있습니다."

꿀벌이 살기 어려우면 인간도 살기 어렵다는 거창한 문제까지는 일단 생각하지 않기로 한다. 지금 내게 앞서는 걱정은 벌침요법으로 병을 다스려 온 어머니다. 다시 양봉벌을 한통 사다드려 벌잡이의 어려움이라도 덜어드려야 할까 보다.

시간의 그늘

걸어서 태화강 다리를 넘나들곤 한다. 학성교 북쪽 초입에 들어설 때면 습관적으로 다리(橋) 아래를 본다. 장마철이나 한겨울을 제외하고는 늙수그레한 남자들의 아지트가 되는 곳이다. 돗자리며 차양, 이불과 의자, 냄비와 그릇, 우산, 저만치에 간이 화장실까지 있어 시간 보내는 데 불편함이 없을 듯하다.

삼삼오오 모여 앉아 화투 패를 돌리거나 술을 마시고, 차(茶)가 든 보온병을 안은 여인을 손짓해 부르기도 한다. 강변 둔치에서 자전거를 탈 때면 학성교 밑 남자들과 마주치곤 한다. 나름 인생 계획표대로 삶을 꾸려 왔을 이들이 노년의 그늘에서 헝클어진 현장, 술내를 풍기며 웃고 떠들어댈수록 고독한 존재들의 아우성 같다.

얼마 전 인간 수명에 대한 기사를 읽었다. 한국인의 평균 수명 82세, 건강 수명 72세라 했다. 그렇다면 건강수명 후 10년은 질병에 노출된다는 거다. 병마(病魔)와의 동행은 단 하루도 지옥인데 그것이 동무하자고 10년을 도사린다니 와락 무섬증이 인다. 하지만 정년퇴직 후 2,30년에 대한 고민도 무시할 수 없을 것 같다. 평생의 4분의 1쯤에 해당되는 기간, 이 시기에 대한 준비가 없다면 수명 연장은 현대의학의 선물이 아닌 족쇄다.

부모 세대가 그랬듯 자식 밑에 쏟아 넣느라 노후대비에 소홀했던 이들이 거리를 떠돈다. 나이나 건강도 걸림돌이지만 일자리 부족으로 재취업이 어렵고, 그나마도 생계형 취업이 대부분이라 삶의 질은 하향선을 그린다. 사회복지체계 미비, 부모를 향한 자녀들의 의식 변화란 몫도 있지만 자기 미래에 대한 책임은 결국 자신의 몫이다.

한국인 실질 은퇴 나이가 남자는 70대 초반, 여자는 60대 후반이라는 통계를 들었다. 사회문제에 관심이 많은 지인으로부터 스치듯 들은 말이지만 아파트 경비나 미화원, 거리에서 박스를 줍는 노인들을 볼 때면 지나쳐 보이지 않는다. 운동 겸 소일거리라면 건강 면에서 나쁠 게 없지만 생계가 걸린 몸짓이라면 너무 고단한 황혼이다.

음지, 양지의 체감온도 차가 큰 겨울엔 볕 바른 곳을 찾게 된다. 보행 중이거나 잠깐 서 있을 때도 아이들이 엄마를 찾듯 햇볕을 좇는다. 시내 도서관 초입 소공원엔 낮에만 피는 '겨울 해바라기'가 한창이다. 도서관 옆문과 연결된 공원을 지날 때면 무료함과 졸음에 겨운 노인들이 긴 조형물을 바람막이삼아 모여 있다. 해를 향해 움직이는 향일화(向日花)다. 의자를 밀고 당길 때 외에는 움직임이나 표정 변화가 거의 없다. 회색 도시의 이 조각상들은 이상(李箱)의 수필 「권태」를 읽을 때보다 더 권태롭다.

나는 '노익장(老益壯)'이란 단어를 생각하며 도서관을 바라본다. 누구에게나 열려 있는 지식의 보고(寶庫), 어려움 속에서도 꿈을 선택한 노인들은 종종 감탄을 자아내게 한다. 배움의 한(恨)을 안고 살아온 80대 칼갈이 노인이 영자신문을 능숙하게 해석해내고, 70대 노인이 전통놀이를 가르치는 유치원 교사가 됐다고 한다. 신춘문예 당선자 중에 일흔 살 넘긴 이가 있고, 손자·손녀 같은 아이들과 늦깎이 중학 생활을 하는 백발의 열정도 있다. '나이는 숫자에 불과하다'란 말이 회자되는 까닭을 알 것 같다. 죽음의 순간까지 인생 현역으로 살아가기 위해 최선을 다하는 사람들, 진정한 노익장들에게 한 수 배우는 중이다.

도서관 옆 공원의 노인들을 누군가가 도서관으로 끌어주면 어떨까 생각해 본다. 배움의 깊고, 얕음을 떠나 독서는 심적 여유 없이 불가능하다. 그래서 평생 책과 담 쌓고 살아왔을지 모를 그들이다. 하지만 맘속 담장을 허물면 도서관이 손짓하는 게 보일 것이다. 아침부터 술병이 나뒹굴고 거친 말이 오가는 곳에서 시간을 죽이기보다, 돋보기안경을 손에 꼭 쥐고 어색하지만 호기심에 찬 모습으로 도서관에 들어서는 노인들을 보고 싶다.

어린이용 열람실에 가서 글씨가 크고 그림이 많은 책을 봐도 좋고, 성인용 열람실에서 학창시절의 명작을 만나 추억에 빠져도 좋을 것 같다. 잉크 냄새 가시지 않은 신간(新刊) 도서를 훑어보거나, 독서 중인 이들을 구경하는 재미도 괜찮을 것이다. 자료실에서 팔랑팔랑 신문을 넘기며 세상읽기 하노라면 인간사 울고 웃는 일 항다반사(恒茶飯事)라며 마음 한 자락 풀어놓게 되지 않을까.

2부 시간의 그늘

80대의 친정어머니가 저학년 동시집을 읽는다. 한글을 혼자 깨치고 좋았던 일은 은행에서 출금신청서를 쓸 수 있었던 때라고 했다. 노안과, 백내장으로 눈이 불편한 어머니지만 흐린 눈으로 일기도 쓴다. 소리 나는 대로 글자를 써서 틀린 게 많을 때는 찬찬히 설명해드리곤 한다. 『흥부와 놀부』, 『장화홍련전』 같은 전래동화가 좋다는 어머니. 어릴 적 들은 얘기들이 이미지로 그려지는 모양이다. 요즘은 책읽기의 욕구가 커진 어머니께 도서관 이용법을 알려드렸다. 시립도서관이 집 근처에 있어 다행이다.

나이가 들수록 시간은 여울을 통과하는 물처럼 속도가 붙는 것 같다. 나이에 2를 곱한 속도쯤에 비유되기도 한다. 고개를 끄덕인다. 현재 나의 심리적 속도를 말하라면 사실 그 이상이다. 새해가 되고 서너 달 지났나 하면 벌써 가을이고, 크리스마스캐럴이 울려 퍼진다. 이쯤 되면 또 1년을 헛살았다 싶어 우울해진다.

올 한 해 계획은 시간을 제대로 쓰는 것이다. 시간에 끌려가는 삶이 아니라 주인공으로서 다양한 시도를 해보고 싶다. 기억 속의 시간 길이는 정보 양에 비례한다고 한다. 내가 꿈꾸고 계획하는 것들을 실천할 수 있다면 잃어버린 몇 년을 돌려받는 기분이 될 것 같다.

스스로에 대한 믿음을 버리고 방황한 시간이 길었다. 아쉬움으로 가슴이 먹먹해진다. 잃어버린 봄은 이미 내 것이 아닌데 자꾸만 돌아보게 된다. 현재와 다시 올 봄만이 내게 허락된 시간임을 기억하려 한다. 황혼기의 봄. 잘 벼려진 호미 한 자루 챙겨들고 뜰에 무성한 잡초를 캐내야겠다. 감사한 마음으로 보듬어야 할 나의 뜰, 그 허락된 시간까지.

3부

구부러진 못

둥지

그 땅은 어느 문중 소유였다. 거기서 농지를 관리해 줄 사람을 찾던 중 아버지에게 연줄이 닿았다. 소도시 단층 양옥이 가진 것의 전부였던 아버지는 부동산으로 빚 청산을 했다. 집 담보 대출금과 여분의 빚까지 갚고 나니 노쇠한 몸과 반평생 생계를 이어준 표고목만 남았다. 버섯 재배장 임대료를 감당할 수 없어 참나무 원목 옮길 곳도 알아봐야 했다. 아버지가 허물어져 가는 농가로 들어간 건 천 평의 묵정밭이 딸려 있고, '일 년에 쌀 한 말'이라는 임대 조건 때문이었다. 문중 땅이라 매매할 일은 없을 거란 말에 아버지의 한숨은 가라앉았다.

칠순의 어머니는 더 억척스러워져야 했다. 진흙을 이겨 회벽 깨진 곳을 땜질하고, 아궁이에 불을 땔 때 방으로 연기 새는 델 찾아 메웠다. 흙이 떨어져 내리는 벽에 한지로 벽지를 대신했고 문살문에도 창호지를 붙였다. 집이라는 틀만 갖춘 곳에서 할 일은 태산이었지만 아버지는 거의 손을 보태지 않았다.

표고버섯 재배 일은 아버지가 한때 자유로운 삶을 구가하는 방편이었다. 주왕산이나 학가산 기슭에서 표고버섯 자연 재배를 했던 때나, 고향으로 돌아와 하우스 재배를 했을 때도 아버지에게 가족은 부록 같은 거였다. 언젠가 어머니께 이런 삶을 어떻게 참아낼 수 있었는지 물었다. 어머니는 나와 동생들을 지그시 바라보며 말을 아꼈다. 자식이 운명을 옥죄는 구속이었던 것이다.

농가로 친정을 옮긴 뒤의 첫겨울을 잊을 수 없다. 한파를 걱정해 졸졸 흐르게 해둔 물이 그대로 얼어붙어 고드름이 되었다. 단열 안 된 방은 장판이 시커메지도록 장작을 땔 때도 아랫목만 뜨거웠다. 냉랭한 방 안 공기에 눈알까지 시려오면 이불을 뒤집어썼다. 그래도 추위는 쉬 가시지 않았다. 어머니가 새벽잠을 깨 처음 하는 일은 방을 다시 덥히는 거였다. 이때 솥에서 끓인 물을 퍼 얼어붙은 그릇들과 수저를 녹였지만 돌아서면 그릇에 살얼음이 낄 만큼 매서운 날씨였다. 어머니는 빨갛게 얼어 둔해진 손으로 아침상을 차렸다.

부모님의 상황이 안타까웠지만 당시로선 방법이 없었다. 친정 동생이 서투르게 손댄 사업이 IMF 때 부도나면서 사채까지 끌어다 썼고, 이 과정은 부모님이 낯선 이의 땅에 둥지를 얹는 한 원인이 되기도 했다. 아파트를 담보로 은행에서 돈을 대출해 동생에게 줬던 나도 돈 갚을 방법을 강구해야 했다. 친정 일로 남편 볼 낯이 없었던 터라 방문교사 일을 시작했다.

"어르신, 석 달 말미 드릴 테니까 이사할 데 알아보셔야겠니더."

한동안 낯선 이들이 농가를 둘러보더니 임자가 나선 모양이다. 문중 땅이라서 팔지 않을 줄 알았는데 십 년 만에 '팔자'로 합의되었다고 했다. 긴 세월 배려해 줬던 그분들의 뜻을 따라야 했지만 나이 여든에 또 어디로 가야 하냐며 아버지는 초조함을 감추지 못했다. 무엇보다 모아둔 돈이 없었다.

아버지가 몸을 의탁한 농가의 지붕을 수리하려다 다친 게 원인이었다. 사다리를 오르던 중 뒤로 떨어지면서 못 빼기 망치에 찔려 간이 파열되는 중상을 입었다. 동네 병원 응급실에선 손 쓸 방법이 없다고 했다. 아버지의 배는 터질 듯이 부풀어 올랐다. 피가 차오른 것이다. 그런 아버지를 죽더라도 수술대에 눕혀 봐야 후회 없을 거라던 어머니, 대구의 D병원으로 구급차는 달렸다.

의사는 경과를 봐야 생사를 가늠할 수 있다고 했다. 중환자실의 아버지 모습은 사람 형상을 한 로봇 같았다. 코와 입, 양어깨며 옆구리, 등에 가느다란 관들이 꽂혔다. 관 밑으로는 주먹만 한 플라스틱 통들이 주렁주렁 달렸다. 몸에서 검고 노랗고 붉은 액체들이 끊임없이 빠져 나왔다. 아버지는 인공 담도삽입 수술을 추가로 받고 두 달 만에 퇴원했다. 목숨은 건졌지만 천만 원의 빚을 졌다. 외딴 농가의 삶은 그걸 지워나가는 시간일 뿐이었다.

아버지는 집을 비워야 할 즈음에야 이삿짐 싸야 한다는 걸 자식들에게 알렸다. 몇 해만 기다려 주면 그 땅을 살 테니 팔지 말라고 버텼던 것이다. 급하게 집을 구하는 건 어려웠다. 버섯재배가 생업이라 한옥처럼 마당 있는 집이 필요했다. 가격과 위치, 이삿날이 맞는 '입에 맞는 떡'은 귀했다.

지은 지 오래되었지만 작은 방 세 칸과 마루, 입식부엌과 목욕탕을 갖춘 한옥을 샀다. 방문수업을 해서 얼마간 돈을 모은 내가 그 일을 맡았다. 백발의 부모님은 이제 집 걱정 안 해도 된다며 가슴을 쓸어내렸다.

"좁으면 어떻고, 낡았으면 어떠냐. 마음 편히 누울 수 있는 내 집이 최고지."

혼잣말을 하는 아버지의 젖은 목소리가 안방에서 흘러나오고 곧이어 코고는 소리가 오랜만에 한가하다. 잠을 설치곤 했다는 마음의 병이 조금이라도 치유되었으면 한다. 이사 후 첫봄, 제비 한 쌍이 날아들어 처마 밑에 집을 지었다. 부모님의 둥지에 세를 든 작은 손님들, 임대료가 '해마다 다시 온다는 약속'임을 알까?

마당을 낮게 날며 재잘재잘 지저귀는 소리가 평화롭다

쪼그려 앉고 싶다

여유롭게 아침 설거지를 끝내고 산책을 나선다. 손톱만한 얼굴을 들어 올린 제비꽃과 양지꽃, 쑥과 달래가 자드락길을 수놓고 있다. 꽃 같은 사람 두엇도 산기슭 묵정밭에 있다. 서로 머리가 맞닿을 듯 앉아 있는 여인들. 떡이라도 해먹으려는가? 대소쿠리에 쑥이 소복하다. 걸음을 내딛는 자리마다 지천인 쑥, 두어 줌 뜯어 된장국에 넣으면 가족들이 맛나게 먹을 것 같다. 무릎에 통증이 느껴지지 않을 만큼 엉거주춤 몸을 구부려 봄을 손아귀에 쥔다.

오른쪽 무릎뼈 수술을 받은 지 일 년이 넘는다. 얼른 회복해 엎드려 걸레질을 하고, 손빨래 같은 것도 쪼그려 앉아서 하고 싶다. 경보를 하듯 빨리 걷고도 싶은데 완쾌 날이 불투명하다. 정형외과 의사가 회복을 장담한 기간의 세 배가 넘도록 걸음이 여전히 불편하다. 혹시 수술이 잘못 되었나 걱정스럽지만 조금씩 낫고 있다고 스스로에게 최면을 거는 중이다.

단지 무릎이 불편할 뿐인데 일상생활 곳곳에 브레이크가 걸린다. 국도변 휴게소 화장실에 갔을 때다. 여러 칸의 문을 열어 봤지만 화식 변기들뿐이었다. 평소에 공용화장실을 쓸 땐 변기 접촉면에 피부가 닿는 게 싫어 서양식을 피해 왔다. 쪼그려 앉는 동양식을 찾아가면 나와 생각이 비슷한 사람들이 그 앞에 줄을 서 있곤 했다. 그런데 반대 상황에 놓인 현재다. 삶이란 한 치 앞을 내다볼 수 없다는 말이 다시금 스쳐간다.

내가 달릴 수 없음을 확인시켜 준 사람이 있었다. 다리 근력을 키우려고 동네를 한 바퀴 돌던 날, 봄비에 씻긴 들녘은 싱그러웠다. 농로로 들어서자 웅덩이진 데가 많아 발이 빠지지 않도록 조심했다. 그때 산 밑 마을로 가는 택시가 보였다. 차량 교행이 안 되는 좁은 곳이라 최대한 길 가장자리로 붙어 섰다. 내 근처로 올 때까지 택시가 속력을 줄이지 않더니 기어이 '챡~' 하면서 흙탕물을 뿌렸다.

택시 기사는 무심히 지나쳐 갔다. 나는 차를 세워 사과를 받고 싶었다. 걸음이 불편하다는 사실을 깜먹고 확 달려 나가려다 '악' 비명을 지르며 무릎을 감싸 안았다. 그냥 화를 가라앉히려니 우울했다. 다리를 의식하는 일이 생길 때마다 조금씩 소심해져 가는 나. 남 앞에 잘 나서지 못하는 내가 지금은 더더욱 숨고 싶다.

오랫동안 몸은 마음의 시녀라 여겨 왔다. 사실 마음이라 칭하는 의지(意志)만 굳건하다면 성과를 얻기가 어렵지만은 않다. 원하는 대학에 진학하고, 고시나 여타의 시험에 합격하며, 목표로 세운 일까지 작정하고 매달리면 기회는 온다. 하지만 참을성이 부족한 나는 반백 년을 넘게 살면서도 꿈에 닿아 본 적이 거의 없다. 간호사관생도가 되고 싶었던 고교시절의 바람이 허공에 떠버린 때처럼 아직도 꿈의 언저리를 헤매며 산다. 굳은 마음이 몸보다 소중하다 여겨진 까닭은 그것이 내게 없었던 탓이다.

쑥을 한 움큼 뜯어 들고 현관에 들어서니 남편이 외출복을 벗고 있다. 아침에 형 병문안을 다녀왔다고 했다.

"오래 고생하시겠던데."

얼마나 다쳤더냐는 물음에 남편은 심각한 표정으로 입을 뗀다. 직장에서 일을 하던 중 시숙이 사고를 당했다. 작업대 옆에 세워 둔 무게 1톤 가량의 코일이 쓰러지면서 시숙의 발뒤꿈치를 쳤다. 서 있는 상태에서 뒤꿈치에 충격이 가해지자 발이 앞으로 미끄러져 기계에 부딪쳤다. 발목뼈가 동강났다. 발가락뼈까지 부러지면서 발바닥과 발등이 분리되는 중상을 입었다.

활동하는 걸 좋아하는 분이 병상에 누웠으니 머리가 복잡할 것 같다. 걸을 수 없게 되면 어쩌나 하는 생각을 애써 지우면, 퇴직 후 새로 들어간 일자리였음이 떠올라 아쉬울 것이다. 당분간 수입이 없을 거라는 사실도 걱정될 것이다. 간병인 일을 하며 맞벌이를 해 오던 아내에겐 또 얼마나 미안할까? 집안에 중환자가 생겼으니 당분간 일손을 봐야만 한다. 본인 잘못이 아니라 코일을 가져온 작업자가 안전하게 세워 놓지 않아서 일어난 사고다. 운이 없었다고 털어버리기엔 지고 가야 할 삶의 짐이 너무 무겁다.

다리 때문에 가슴앓이 중인 나, 그래서 골절 사고로 고생할 시숙의 모습이 더욱 눈에 선하다. 나보다 더 길고 어려운 재활의 시간이 기다리고 있다. 하지만 삶의 선물이 더러는 두렵고 우툴두툴한 형상을 한다고 해도 그게 선물이 아닌 것은 아니라고 한다. 목숨이 위태로울 수 있었다고 가정한다면 현재 상황은 불행 중 다행이 아닌가. 건강했던 순간을 돌아보며 몸이라는 재산의 빛나는 가치를 다시금 확인한다.

이제 어설픈 투덜거림이나 걱정은 접고 바로 걸을 수 있는 방법을 찾아볼 요량이다. 수술한 다리의 무릎뼈가 돌아가고, 똑바로 섰을 때 두 다리의 각도가 달라졌다고 X-레이가 말한다. 이런 변화 때문인지 오르막이나 내리막길을 걸을 때 오른쪽 다리가 뻗정다리 상태로 보행하게 된다.

얼마 전, 서울의 큰 병원에 진료 예약을 해뒀다. 진료의뢰서와 수술 기록지, 영상CD 등 그동안의 기록들을 챙겨 가서 도움을 구하려 한다. 현재처럼 과학과 의술이 발달한 시대에 나 같은 환자 하나 바로 걷게 못 해줄까, 희망을 건다.

잘 걷게 되면 쪼그려 앉을 수도 있게 될 테지. 겪어 보기 전에는 몰랐다. 살아가면서 알게 모르게 쪼그려 앉을 일이 적지 않다는 걸. 오래 걷거나 서서 일을 하다가 힘겨울 때, 앉은뱅이 꽃과 눈을 맞추고 싶을 때, 밭이나 들일을 할 때, 그리고 젖먹이 외손녀를 안아 올리기 위해 몸을 낮추어야

할 때⋯⋯. 가끔씩 맘 편하게 쪼그려 앉는 선물을 귀하게 꺼
내 쓰고 싶다. 기회가 주어진다면.

3부 구부러진 못

구부러진 못

옷 위에 옷을 덧걸고 싶다. 시골집으로 가 농사일로 땀에 찌든 노모의 옷 위에 내 옷을 걸었으면 한다. 마치 내가 뒤에서 어머니를 안은 듯 재킷을 걸 수 있다면 다시 행복해질 것 같다.

시골 병원을 나선 구급차가 사이렌을 울리며 타 도시의 상급 병원으로 향한다. 도로 표지판이 하나 둘 스쳐 간다. 영주, 단양, 제천⋯⋯. 고속도로를 달리는 동안 환자의 얼굴엔 불안감과 고통이 어룽진다. 밤새 오르락내리락하던 열이 아침녘엔 도무지 떨어지지 않아 응급실을 찾았는데, 피검사 결과 긴급이송이 결정되었다.

내가 보호자로 구급차에 동승한다. 힘줄이 불거지고 볕살에 그을린 갈퀴손이 이불 밖으로 빠져나와 있다. 휘어진 검지손가락이 눈길을 잡는다. 일손을 놓았으면 편안해져야 할 텐데도 똑바로 눕지 못하는 손가락, 몸을 쉴 줄 모르는 어머니 모습 같다.

노모의 손을 한참 보고 있자니 구구절절한 인생의 편지를 읽는 기분이다. 세탁소집 아낙으로 살 때는 손님의 빨랫감이며 짜깁기로 터지고 갈라진 손을 하고 있더니 표고버섯 농장을 하는 지금도 마찬가지다. 버섯을 따고, 고르고, 종균 넣는 일로 손끝은 만신창이다. 특히 몇 십 개의 작은 구멍을 뚫은 참나무에 종균을 눌러 넣는 작업은 검지손가락을 많이 쓴다. 매해 봄 보름 동안의 일이 끝난 후엔 생손앓이를 하듯 통증으로 고생한다. 팔십 세가 넘도록 살아온 세월이 이와 같으니 노모의 휘어진 손가락은 시간이 그린 곡선이다.

고열 때문에 노모를 응급실에 모시고 가려던 아침 재킷 속에서 나온 쇠못 생각이 난다. 어머니의 방은 시멘트벽에 대못을 몇 개 박아 옷걸이로 쓴다. 옷 걸 데가 부족해 겹쳐 거는데 내가 재킷을 급히 당기는 바람에 다른 옷도 함께 떨어졌다. 그것들을 챙겨 들자 숨었던 못이 굴러 나왔다. 구부러진 못이 벽을 잡고 있었다는 사실이 마음을 짠하게 만들었다. 낡은 한옥에 사는 어머니처럼 성치 않은 몸으로 옷걸이 역할을 톡톡히 해내고 있었던 게다. 서둘러 방을 나오며 못을 반닫이 위에 올려두었다.

폐렴과 혈액암이라는 병마로 구급차에 오른 어머니가 원주세브란스병원 격리병실에 입원했다. 생사를 건 한판 씨름의 시작이다. 백혈구 수치가 바닥을 치고 폐에 물이 차 힘겨워 하는 노모 곁을 가족들이 번갈아 지킨다. 하루가 다르게 몸이 나빠져 가고 체중이 준다. 나는 불안감에 몸을 뒤척인다. 노모도 견디기 힘든 고통과 싸움을 하는 중인지 깊은 잠을 자지 못한다.

"엄마!" 혹시나 대답을 하실까 싶어 조용히 불러보지만 앓는 소리만 낸다. 척박하기 그지없는 삶의 환경 속에서 든든한 울타리가 되어 주신 분. 이기심으로 똘똘 뭉쳐 자신의 행복만을 추구했던 남편 대신 생계를 끌어가야 했기에 고비가 많았다. 그런 세월을 견뎌 오느라 어머니의 몸은 허리가, 다리가, 팔이 그리고 손가락이 구부러졌다. 그래서인가? 노인들의 작고 구부정한 몸을 볼 때면 인생과 맞선 증거라는 생각에 존경심을 갖게 된다.

병원에 입원한 지 삼 주가 지났다. 환자의 폐렴 증상이 호전되고 백혈구 수치가 올라가고 있다는 소식에 실낱같은 희망을 품는다. 전직 간호사였던 조카가 할머니의 상황을 살뜰히 체크한 결과라 더 신뢰가 간다. 의료진이 환자의 연명치료에 대한 의사를 타진할 만큼 걱정스러운 상황도 있었지만, "아직 할 일이 많다."며 소태 같은 음식을 삼키던 어머니의 투병의지가 힘을 발휘했다고 나는 믿는다.

　환자가 항암치료를 이겨내려면 체력이 필요해 임시 퇴원이 결정되었다. 노모는 시골집으로 돌아 갈 수 있어 기쁜 듯 휴대폰 속 목소리가 밝다. 퇴원을 앞둔 어머니를 보러 원주에 가기로 한 날, 안동에 잠시 들른다. 집 앞 화분에 숨겨둔 열쇠를 찾아 친정집 대문을 열고 들어선다.

　한옥 처마 밑에는 거미집의 평수가 늘어나고 장독대 위엔 새똥과 먼지가 엉겨 있다. 늘 신던 어머니의 운동화는 한 달째 주인의 부재를 슬퍼하는 것 같다. 집안 구석구석 어머니의 주름진 손이 닿지 않은 살림살이엔 온기가 없다. 삼십 년이나 된 한옥이 한 달 만에 더 낡아진 느낌이다.

　노모의 방으로 들어가기 위해 여닫이문을 당긴다. 묵직한 소리를 내며 천천히 열린다. 못은 내가 놔둔 그대로 반달이 위에 놓였지만 녹이 묻은 듯 검붉어져 있다. 병상에 계신 노모의 초췌해진 이미지와 겹쳐진다. 나는 못을 손에 쥐고 철수세미로 표면을 문질러 닦는다.

못이란 그대로 두었을 때 한갓 쇠붙이에 불과하다. 하지만 목재나 벽에 박히는 순간 제 역할을 해낸다. 보이지 않게 사물 속으로 꽁꽁 들어가 삐뚤어지거나 무너져 내릴 수도 있는 것들의 힘이 되어 준다. 어쩌다 내리치는 망치에 빗맞아서 슬쩍 구부러졌다고 해도 스스로 몸을 빼는 법은 없다. 어떻게든 그 자리에서 최선을 다하는 것이다. 마치 내 어머니처럼.

못의 휜 부분을 조심스럽게 편 남편이 망치질을 한다. 시멘트벽에 대못의 뿌리를 심는 소리가 울리자 집이 깨어나고 있다. 마지막 망치질이라며 한 번 더 못대가리를 내리치는 순간 못은 다시 니은자 모양으로 구부러진다. 조심스럽게 옷을 걸고 벗긴다면 쓰는 데 크게 문제가 될 건 없을 것이다. 나는 구부러진 못이 다시 벽을 단단히 부여잡기를 바란다.

다음에 친정에 왔을 때 이 못에 노모의 온기가 남은 재킷이 걸려 있고, 그 위에 내 옷을 덧걸 수 있기를 기원한다. 어머니를 오래오래 안아드리고 싶다.

문경(聞慶)

고뇌에 찬 그 남자 모습에 눈길이 붙박인다. 어디선가 들려
오는 물소리, 이윽고 가슴까지 차오르는 물결을 느낀다. 고
개 숙인 청년의 초상(肖像) 앞에서, 나는 말(言) 없는 말(言)이
걸어 나와 세상 속으로 쓸쓸히 흩어지는 걸 본다. 60여 년이
란 시공간을 넘어서도 보는 이의 감성을 자극하는 흑백사진
한 장. 남자는 아직 '구직(求職)' 중이다.

　　다큐멘터리 사진작가 임응식(1912~2001)의 '구직(求職,
1953)'은 한국전쟁 직후 실업자가 넘쳐나던 시대상을 상징적
으로 보여 주는 작품이다. 구직(求職)이라 쓴 패널을 허리에
두르고 도회의 담벼락에 기대선 남자, 눌러 쓴 벙거지 밑으

로 절망감이 출렁댄다. 정지되어 버린 시간의 올가미 '실업'의 그늘에서 그는 원치 않는 공연 중인 피에로 같다.

'문·경(聞慶)', 경사스런 소식의 주인공이고 싶었던 선비들 마음을 더듬는다. 조선 시대 한양으로 과거 보러 가던 영남 선비들이 추풍낙엽을 연상시키는 추풍령을 피하고, 죽죽 미끄러질 것 같은 죽령을 피해 문경새재를 넘었다는 얘기에서 꿈꾸는 이들의 간절함을 확인한다. 지난한 노력의 터널 끝에 설 때 자신만이 금의(錦衣)로 빛나길 소망하는 건 누구나 비슷하다.

중국의 한 호텔 안내데스크서 1년째 근무하던 딸아이를 불러들인 지 6개월이 되어 간다. 국내서 일자리를 찾았으면 하고 바란 내 성화 때문이었다. 귀국 후 딸의 일상은 취업 관련 사이트 뒤지기에 집중됐다. 처음에는 정말 하고 싶은 일을 찾아 이력서를 냈지만 차츰 일 자체를 얻기 위한 절박함으로 바뀌었다. 면접 그리고 기다림의 시간, 기대와 절망이 시소를 타는 나날이었다. 하루가 다르게 웃음기가 사라지고 눈이 깊어지는 아이를 보는 일은 가시방석에 앉은 것처럼 불편한 시간이었다.

"엄마, 걱정하지 마. 원하는 일을 찾으려는 거야."

딸아이는 괜찮은 척했지만, 우울증에 걸린 것처럼 눈자위가 붉어진 채 웅크려 누워 지내는 날이 많았다. 청년 취업 문제가 사회적 이슈가 되는 시대고, 청년들의 열악한 일자리를 상징하는 표현들이 부유하는 걸 단순히 비유에 지나지 않는다고 여긴 내 무지(無知)가 원망스러웠다. 호텔 근처 작은 방에서 많지 않은 월급으로 생활했지만 상하이(上海)가 좋아 중국에 남아 있길 원했던 걸 조르듯 불러들인 것이 미안했다.

딸의 바람은 그랬다. 돈은 못 벌어도 하고 싶은 일을 하며 살아야 행복할 것 같다고. 나는 고개를 끄덕였다. 자신이 좋아하는 일을 하며 사는 사람들이 얼마나 밝고, 자신감에 차 있는지 알고 있기에, 갈림길에서 망설이지 말라고 했다.

'딸기를 좋아하는 사람은 딸기를 싫어하는 사람이 맛보지 못하는 즐거움을 누린다.'

버트런드 러셀의 책을 읽다가 옮겨 쓴 문장을 딸아이에게 보여 주며 열정을 가지면 행복해질 수 있다고 했다. 그런데 딸아이의 선택을 믿는다면서 내가 옳다는 주장으로 혼란만 야기한 꼴이 되었다.

딸아이는 현재의 결과가 다 제 탓이라 한다. 학창시절

공부에 몰입하지 않았고, 지방대에 다니면서도 취업준비에 느슨했던 죄, 이것들이 잘못 채운 단추가 됐다고 한다.

천양희 시인의 「단추를 채우면서」란 시에 보면 '잘못 채운 단추가/잘못을 깨운다'는 표현이 나온다. 단추를 잘못 채우는 실수를 하는 것처럼 옷 입는 일도 쉽지 않지만, 잘못 채운 단추가 깨달음을 준다는 것이다. 나는 딸아이가 새 출발에 연연하기보다 잘못 채운 단추를 바로 잡는 마음의 여유를 갖길 바란다.

누군가가 '자네 직장은 어디인가?'라고 묻거나, 직장인 친구와 만날 때 스스로가 일자리 없음이 자존심 상하고, 부모님께 아직 빨대를 꽂고 있다는 사실도 부끄럽다며 취업을 서두르던 딸아이. 근래엔 무슨 생각을 하는 건지 표정이 담담하다. 아쉬운 대로 주어지는 일을 해봤자 성취감이 없으니 부족한 공부를 하려는 걸까? 생각의 퍼즐을 이리저리 맞춰봐도 잘 모르겠다.

"백화점에 아르바이트 자리 구했어. 일하면서 이력서 낼 곳 알아보려고."

오늘도 5만 5천 원짜리 인생을 살려 나간다며 딸아이가 등을 보인다. 나는 배웅 길에서 어젯밤 이야기를 떠올린다. 백화점 구두 코너에 온 중국인들이 두 디자인의 신발을 들고 뭐라고 하는데 매장 직원은 얼굴만 붉히며 서 있었다. 건너편 핸드백 매장서 마침 그것을 보게 된 딸아이가 발걸음을 옮겼다. 오른손에 있는 신발 디자인은 맘에 드는데 사이즈가 다르다, 왼손에 든 것과 같은 디자인으로 240사이즈를 원한다고 통역을 했다. 직원은 그제야 물건을 내왔다. 주변 한국인들은 그 상황이 마무리되자 딸을 향해 엄지손가락을 세워 보였다. 쇼핑을 끝낸 중국인들도 감사를 표했다. 딸아이는 짧았던 그 순간에 잊고 있었던 행복감이 깨어났다고 했다.

딸은 한동안 미뤘던 이력서 쓰기를 다시 시작했다. 오늘 아르바이트를 마치고 돌아오면 내일 새벽 KTX를 타고 서울로 면접을 하러 간다. 중국에 지점을 둔 성형외과에서 중국인 상담 전문 코디네이터를 구한다고 했다. 이번엔 결과가 좋길 기도하지만 욕심내지 않으려 한다. 인생은 완성을 향해 가는 여정이지 속도전은 아니기 때문이다.

그런데 이 마음은 또 뭔가? '문·경(聞慶)', 딸아이가 활짝 웃을 수 있기를 기다리는 이 간절한 바람은.

네 편, 내 편

늦은 마사이족 전사 이야기를 떠올린다. 인생이란 서로 끊임없이 싸우는 두 마리 사자를 가슴에 품고 사는 것과 같다고 한다. 한 놈은 복수심에 가득 차 공격적이고 난폭하며, 다른 놈은 정 많고 부드러워 사랑이 가득하다는 것이다. 둘 중 어느 놈에게 먹이를 주고 키우느냐에 따라 그 놈의 지배를 받게 된다는 거다. 가끔씩 전자(前者)의 노예가 된 이들과 맞닥뜨릴 때가 있다.

'저는 경비원이고, 아내는 미화원입니다. 건강 하나 밑천으로 살아가기에 입주민 한 분이 5백만 원 빌려달라는 걸 없다고 말할 수밖에 없었습니다.'

아파트에서 함께 일하던 60대 후반의 부부가 3년 몸담았던 곳을 떠나며 나에게 남긴 메모다. 내가 글 쓰는 사람인 걸 알고 자신의 억울함을 입주민에게 알려줬으면 하는 거였다. 그러잖아도 경비가 바뀐다기에 궁금했는데 망설이다 건넨 듯 꾸깃꾸깃한 종이를 젖은 마음으로 받았다. 경비아저씨가 인심이 좋아 보여 한 입주민이 돈 얘기를 꺼낸 모양이다. 그런데 거절당하자 '요것 봐라?' 하는 심보로 관리소장에게 거짓 투서를 했다.

'경비가 관리실에 대해 이런저런 소문을 내고 다닙니다. 열심히 하는 척하지만 근무 자세에 문제가 많습니다. 한 자리에서 오래 근무해 능구렁이가 되었는지……'

민원이 들어왔다고는 해도 평소에 그를 아는 사람들은 그냥 넘기자는 의견도 있었다. 그의 해고 건이 반상회 안건으로 올랐다. 하지만 전원 반대라는 의견을 얻지 못해 일자리에서 내몰렸다. 몇 억짜리 아파트에 사는 '갑'이 노후라는 삶의 수레를 끌고 가는 노인 '을'을 짓밟아 버렸다.

내가 그동안 봐 온 이 부부는 부지런하고 상냥했다. 아파트는 늘 깨끗했고, 경비실에 맡겨진 택배를 건네받을 때 '하하' 너털웃음까지 얹어 주니 기분이 좋았다. 무겁게 재활용품을 들고 나가 분리수거를 할 때면 어느새 곁에 와 손을 보태는 그였다.

경비가 바뀌자 미화원 부인도 떠났다. 억울하게 남편을 몰아낸 일터가 싫었을 것이다. '좋은 사람들을 잃었다'며 불편한 심기를 드러내는 이들이 내 맘 같아 위로가 된다.

울적한 기분에 책을 뒤적이다 『논어』위령공편에 있는 글귀에 천천히 밑줄을 그었다.

"子曰 衆惡之라도 必察焉하며 衆好之라도 必察焉이니라."

뭇사람이 싫어하더라도 반드시 살펴봐야 하고, 뭇사람이 좋아하더라도 반드시 살펴야 한다는 공자의 가르침. 최근에 시시비비(是是非非)를 가리기보다 무작정 감정적으로 치닫는 사건 하나가 더 터져서인지 이 글귀를 한참 붙잡고 있었다.

"거기 어머니, 팔을 앞으로 뻗지 말고 옆으로 쭉쭉 더 밀어 보세요."

아쿠아로빅 강사의 거듭된 설명에도 신입회원인 그녀는 잘 따라하지 못했다. 장난기가 발동된 강사는 중년여인의 몸짓을 흉내 내며 이건 아니라고 했다. 강사는 평소에도 과

장된 몸짓이나 농담을 종종했다. 덕분에 수업시간은 재미있었다. 그날도 회원들이 잠시 웃고는 그 일을 곧 잊어버렸다. 하지만 당사자는 달랐다. 강사의 행동에 자존심이 상해서 분기충천(憤氣衝天)했다. 자신을 지적하고, 흉내 낸 강사에게 공개사과를 요구했다. 수영장은 한바탕 소란에 휘말렸다. 강사 자질이 부족한 사람이니 해고 시켜라, 수업 중에 자기 어머니 또래 분들에게 반말을 한다는 등의 글을 써 시청에 민원으로 올렸다.

대다수 회원들이 무난하게 서로 합의를 바라는 동안 몇 주가 흘렀다. 회원들이 수런거리기 시작했다. 이성적 마무리는커녕 자존심을 건 감정싸움이 되어 누군가가 떨어져나가야 끝날 싸움이 되어 버렸다. 강사의 수업은 제 궤도를 잃고 흔들렸다.

빠르고 힘차게 팔을 뻗고, 발로 차고, 뛰고 도는 동작을 요구하는 수업에 존댓말 구령이 나왔다. "뛰세요. 도세요, 옆으로 차세요. 왼쪽으로 가세요……." 음악은 신나게 울리는데 박자가 맞지 않아 회원들의 몸짓은 우왕좌왕이었다. 틀린 동작을 보고서도 강사는 고쳐 줄 엄두를 내지 못했다. 몇 년 동안 이 수업을 들으며 재미와 건강이라는 두 마리 토끼를 잡았던 나. 이런 나의 마음에서 불평이 터져 나온 것처럼 다른 회원들도 불만을 터트렸다.

급기야 기존의 방식대로 수업 받기를 원한다는 회원들의 마음을 문서화했다. 개인이 자존심을 다친 문제가 발생한 건 사실이지만 실상보다 부풀려졌다. 현장의 반말 구령은 노인들에게 일반적으로 반말을 하는 경우와 다른 수업의 한 방법이다. 지금까지 하던 대로 수업이 진행되길 바란다. 이러한 내용들을 써 수업 강습 회원 80퍼센트의 서명을 받았다. 체육센터 관리자를 직접 만나 뜻을 전했다.

힘차게 물을 치고, 발을 뻗으며 도는 회원들의 얼굴에 함박웃음이 돌아왔다. 위기가 있었기에 강사는 생채기를 건드리지 않으면서 분위기를 띄우려 최선을 다했다. 그녀는 한동안 이번 일을 잊지 못할 것이다. 아쿠아로빅은 물속 운동이라 연령 높은 분들에게 인기다. 관절에 무리를 주지 않으면서 근력을 키울 수 있어서다. 노인들이 다수인만큼 그녀가 현명하게 회원들을 보듬어 난폭한 사자, 그 자아가 충돌하는 일이 없었으면 좋겠다.

중오지필찰언(衆惡之必察焉), 중호지필찰언(衆好之必察焉).

어려운 가르침이다. 잘 살펴 공정하게 문제의 핵심을 보려 해도 어느덧 이기적으로 움직이는 마음은 네 편, 내 편을 갈라놓기 일쑤다. 일자리를 잃은 아파트 경비 건과 아쿠아로빅 강사 해고 건에 입장을 밝혀야 했을 때 마음이 원하는 '내 편'만 챙기며 상대를 질시했다. 역지사지(易地思之)해 보면 좋았을 걸. 후회와 깨달음이란 말이 이웃사촌인 게 얼마나 다행인가.

그 남자네 집

거길 갈 때마다 그 남자네 집 앞을 서성인다. 일면부지 남자의 안부를 궁금해 하는 게 오지랖 넓은 짓이지만 마음이 가니 어쩌겠는가. 그의 집 1층 베란다를 살핀다. 옷걸이 서너 개가 빈 어깨를 나란히 하며 건조대에 걸려 있다. 고집스럽게 입을 다문 창문이 몇 달째 그대로다. 달라져가는 게 있다면 과식으로 소화불량 상태가 된 우편함이다. 삼복더위에 혀를 빼문 개처럼 우편물들을 늘어뜨리고 곧 게워낼 태세다.

딸아이는 그 집 바로 위층에 산다. 생후 백일이 되지 않은 외손자를 돌봐 주러 하루가 멀다 하고 거길 드나든다. 아파트 공동 현관에 들어서서 반 층 위 층계참의 그 남자네 집을 지날 때 내 걸음은 경보(競步)가 된다. 신발장 앞까지 기어 나와 있을지도 모를 불길한 기운에 대한 상상이 등을 떠민다.

"연체된 관리비와 세금 영수증, 카드회사와 직장에서 온 우편물들 봐라. 얼른 관리실 가서 아랫집 좀 살펴보라고 해라."

나의 채근에 딸내미의 대답은 건성이다. 아래층 남자에게 여러모로 고마움을 느끼긴 하지만 우편물이 쌓인다는 이유만으로 관심을 보인다는 게 어색한 모양이다.

지은 지 20년이 되어가는 아파트를 신혼집으로 구입했으니 리모델링 공사는 필수였다. 천장, 바닥, 싱크대, 화장실, 베란다 공사까지 손을 대서 이웃들은 소음의 지옥을 겪었을 것이다. 공사를 시작할 때 집집이 떡을 돌리며 양해를 구했다. 하지만 바로 윗집 여자는 처음부터 불편한 기색이더니 아기가 오래 울거나 손님이 와서 시끄럽다 싶으면 베란다 창문을 쾅 닫으며 신경질을 부렸다. 자기집 아이들이 쿵쾅거려서 주의시켜 달라고 하면 시끄럽게 한 적 없다며 시치미를 뗐다. 그런 날은 심지어 더 뛰도록 두는 것 같았다.

아랫집 남자는 반대다. 너무 무던하다. 주야간 2교대 근

무릎 하니 공사 소음이나 아기 울음소리가 견디기 힘들었을 텐데도 말 한 마디 없다. 언젠가 계단을 내려가다 그와 마주친 딸이 "많이 시끄러우셨죠, 정말 죄송해요."라고 했더니 신경 쓰지 말라며 손사래를 쳤다. 참 순한 사람이 아랫집에 살아 다행이라 여겼다. 낯선 방문객인 나도 그의 사람됨에 빠져들었다.

어떤 때는 베란다 문이 열린 너머로, 또 어떤 때는 닫힌 창 너머로 슬쩍 그의 집을 보며 지나다녔다. 여자인 나보다 훨씬 깔끔하게 살림을 하는 남자라는 것도 신기했다. 운동화를 빨아 건조대에 반듯하게 고정시켜 넌 솜씨며, 햇볕에 소독 중인 도마, 베란다 붙박이장의 정리 상태까지 40대 초반의 독거남 솜씨라는 게 놀라웠다. 그런데 어느 날부턴가 그 집의 사물들이 액자 속으로 들어가 버렸다. 나는 우편함을 눈여겨보기 시작했다.

요즘은 혼자 사는 세대가 적지 않다. 미혼의 학생이거나 직장인, 사별한 노인, 이혼 등으로 홀로 지내는 데다 이웃과 교류도 거의 없다. 그러다 홀로 사망하면 방치되어 버린다. 처음 얼마 동안은 남자가 집에 없다는 사실이 마음 편했다. 시끄럽게 하더라도 미안해하지 않아도 되니 좋았다.

하지만 우편물이 덧쌓여 가자 혹시 집 안에서 무슨 일이 일어났는지 의문이 꿈틀댔다. 만약 내가 사는 아파트의 일이었다면 관리실로 찾아갔을 것이다. 별일이 없다면 좋은 것이고 혹여 잘못되었다면 그대로 두는 것은 도리가 아니지 않은가.

그 남자네 집과 우편함을 억지로 외면하면서 외손자를 보러 가는 중이었다. 베란다 문이 열려 있고 우편함이 비워져 있었다. 나는 얼른 딸아이 집으로 들어가 그 소식을 알렸다. 벌써 알고 있던 모양인지, "괜히 신고라도 했으면 어쩔 뻔했어?"라고 한다.

나는 가슴을 쓸어내리며 그제야 속내를 털어놓았다. 1층 층계참을 지날 때마다 집안에서 나쁜 냄새가 나지 않는지 코를 들이대 보곤 했다고. 그 순간 파트리크 쥐스킨트가 쓴 『향수』의 주인공, 장 바티스트 그르누이처럼 천재적 후각을 가졌다면 좋겠다는 생각이 들었다고 했다. 그러자 딸아이는 "혼자 소설을 썼네."라고 한다. 나도 그 남자네 집이 액자의 마법에서 벗어났다는 사실이 기뻤다.

나는 천사 같은 표정으로 잠이 든 아가를 안고 마음으로 기원한 게 있다. 그 남자네 집에도 아기의 울음소리가 들릴

수 있게 가족을 만들어 달라고. 나처럼 낯선 여자가 순한 바
람 같은 남자의 집을 엿보는 일이 없도록 해 달라고.

은행나무

그녀가 은행을 털고 있다. 어둑새벽에 노쇠한 몸으로 왜 은행을 터는지는 궁금치 않다. 다만 걱정스러웠다. 말려야 하는 건 아닌지. 힘에 부치게 장대를 휘두르는 폼이 서두르는 것 같아 위태롭다. 낯선 여자의 눈길이 신경 쓰이는지 노인이 힐끔댄다. 언짢은 표정이 몸짓에 담겨 있다.

그녀는 모르겠지만 나는 안면이 있다. 시장에서 채소 몇 가지 놓고 팔며 생계를 이어가는 노인이다. 나는 그녀가 열매를 따는 목적에 신경이 쓰인다. 도로변 은행나무 열매엔 납과 카드뮴이 많아 식용하면 안 된다고 한다. 그런데 장사꾼인 그녀가 은행을 털고 있으니, '돈' 사냥을 말리고 싶다.

해마다 은행을 팔았다면 가로수 열매를 따는 게 위법인 것은 알 것이다. 그래서 새벽을 택했고, 남의 시선이 부담스러웠을 거다. 자신이 파는 열매에 중금속이 함유되어 있다는 건 노인에겐 상관없는 상식일 뿐이다.

인도 위에 떨어진 은행을 주워 한 곳에 모은 그녀는 검은 봉투를 꺼내 발에 신는다. 발로 살살 은행 외피 부분을 문지르자 흰색 씨가 드러난다. 나무 밑을 악취의 샘으로 만들어 놓고 씨만 챙겨 총총 사라지는 노인. 무연히 보던 나는 슬며시 웃음을 베어 문다. 전쟁 같은 가난을 이겨내려는 노인의 힘겨운 투쟁이 씩씩해 보인다. 저렇게 삶을 이어 가고자 애쓰는 노인을 누가 신고할 것이며, 혹여 중금속이 든 은행을 좀 사 먹은들 어떠랴 하는 마음의 여유가 생긴다. 은행을 터는 죄보다 두려운 건 굶주림임을 노인이 몸짓으로 전하고 있다.

버스 정류장 주변, 넓은 그늘을 드리우며 땀을 식혀 주던 나무들이 뿌리째 뽑혀 트럭에 실린다. 주민들이 은행나무 열매 악취로 민원을 제기해 나무들의 이사가 결정된 것이다. 주요 간선도로 건널목과 버스정류장 등 다중 이용 장소에 심겨진 암은행나무들을 뽑아내 공해 완충녹지로 옮기는 계획이 실천되고 있다. 사실 냄새가 난다, 바닥이 지저분해진다 말들이 많지만 은행이 몸에 좋다며 볶아 먹고, 음식에 넣어 먹는 게 누군가? 인간의 이중성에 은행나무는 비웃음을 참으며 묵묵히 자리를 옮기는지도 모르겠다.

나는 은행나무 가로수 길을 좋아한다. 은행잎이 질 때 낙엽의 군무(群舞)를 보면 꽃을 향해 날아가는 노랑나비들의 춤 같아서 눈을 뗄 수 없다. 가을비에 젖은 은행잎을 밟노라면 발목까지 노랗게 물들어 버릴 것 같은 착각에 즐겁다. 작은 열매들이 옹기종기 달렸다가 막대사탕처럼 떨어져 누운 풍경도 사랑스럽다. 누군가가 밟지 않는다면 어여쁜 사탕꽃밭이다.

은행나무 가로수 때문에 민원이 많다고 들었을 때 나는 그 나무들이 다 뽑혀 나갈까봐 가슴 졸였다. 하지만 암나무만, 그것도 다중 이용 장소의 것들만 옮기기로 했다니 마음이 놓인다. 이 도시 은행나무들의 향연을 올해도 즐길 수 있다싶어 감사하다. 잃어버릴 뻔한 뒤에야 깨닫는 소중함, 이젠 그런 어리석음을 넘어서는 사유(思惟)를 하면서 살고 싶다.

정류장 앞에서 은행을 털던 노파를 다시 볼 수 있을까? 가난에 쫓겨 노파가 은행나무를 다시 찾았을 때 수나무들만 남은 거리를 맴돌면 어쩌나 싶어 자꾸만 바깥을 보게 된다.

　　　　　　　　　　　　　　3부 구부러진 못

그리고 공해 완충녹지로 옮겨간 암나무들이 열매를 맺지 못할까 봐도 염려한다. 은행은 암수딴그루 나무라서 주변 4킬로미터 이내에 수나무가 없으면 수정되지 않는다. 어떤 섬에 5백 년 된 은행나무가 있는데 이 나무는 암나무인데도 열매를 맺어본 적이 없는 처녀나무로 산다. 섬이 육지로부터 멀리 떨어져 있어 꽃가루를 받지 못해서 생긴 일이다. 하지만 육지에서, 그것도 전문가들이 하는 일을 나 같은 사람이 걱정하다니…… 이런 걸 기우(杞憂)라 하는 모양이다.

사람들의 결정에 의해 도시에 가로수로 심어지고, 또 그들의 뜻에 따라 삶의 터전을 옮기는 나무. 도시 미관, 공기 정화 등 제 몫의 역할을 다해도 깔축없다. 비록 사람과 소통하지 못하는 식물이지만 무슨 일을 결정할 때 생명을 가진 존재에 대한 배려가 있었으면 한다.

올 가을엔 은행나무를 보는 느낌이 예년과 다를 것 같다. 기러기아빠처럼 가족을 떠나보내고 빈자리를 곁눈질하며 눈물 같은 낙엽을 흩날릴 가로수. 도로가 은행잎으로 노랗게 물들 때, 빗물에 젖은 은행잎들이 바닥에 엎드려 있을 때, 잠시 같이 아파해 주고 싶다. 미안해서. 마음대로인 게 부끄러워서.

그분과 닮아서

지나치려던 걸음을 멈췄다.

　"무말랭이 얼마예요?"

　노인은 무말랭이와 마른 나물 두어 종류를 팔고 있었다. 설을 사흘 앞 둔 마지막 장날이라 혼잡하기 이를 데가 없는데 전통시장 입구에 조그맣게 전을 폈다. 노인을 가까이서 보려고 가격을 묻는 척했으나 그분과 닮은 게 신기해서 입이 다물어지지 않았다. 내 시선은 그녀의 얼굴과 머리와 옷매무새를 훑었다. 그러다가 곁에 서 있던 남편의 표정을 살폈다. '뭐?'라며 눈을 맞췄다. 동행한 딸 쪽을 봤다. 얼른 사라는 듯 고개를 끄덕이는 폼이 무슨 뜻인지 모르는 눈치다.

백발을 쪽머리로 고정시키고 앞머리 몇 올이 흘러내린 모습과 눈덩이가 부은 듯하면서 부숭부숭한 얼굴의 느낌, 무채색의 치마와 스웨터차림까지 딱 시어머니였다. 노인은 무말랭김치에 고춧잎도 같이 넣는 거라며 사라고 했다. 나는 대답 대신 채 썰어 말린 무를 만지며 얼마나 불려야 하는지 물었다. "미지근한 물에 씻어 그냥 양념하지 왜 불려!" 노인은 말을 툭 던졌다. 명절 쇼핑 목록에 없던 무말랭이와 고춧잎 구매는 새댁 시절 저편의 추억과 조우하는 대가였다.

그랬던 것 같다. 여섯 동서 중에 다섯째인 나는 시댁에서 눈치껏 행동하면 되는 위치였다. 명절이나 집안 큰일 때 윗동서들이 음식 준비에 부산하면 심부름이나 설거지를 하고, 중요한 결정을 할 땐 알겠다고 따르면 그만이었다. 시부모와 함께 살았던 맏동서는 시어머니에 대한 기억이 까슬까슬하다. 하지만 내겐 따뜻했던 그 마음자리가 아직도 그리움으로 남아있다.

윗동서들이 내게 전한 말이 있다. 학교만 다니다가 결혼해서 아무것도 모른다며 시어머니가 편들어 주셨다고 했다. 당신이 보기에도 저래갖고 어떻게 시집 왔나 싶게 '답답'인데, 동서들끼린 어떨까 싶어 그랬던 것 같다. 그런데 나는 시어머니의 마음을 '다섯째를 좋아한다'로 해석하면서 적잖이 속을 썩였다.

남편이 테니스코치로 벌어오는 돈은 넉넉지 못했다. 월세로 시작한 결혼생활이라 어려움이 많았지만 술 문제로 다툴 때가 가장 싫었다. 종일 테니스 레슨으로 땀을 쏟다가 퇴근길에 술 한 잔 들이켜면 하루의 피로가 씻긴다는 남편이었다. 나는 시어머니께 미주알고주알 아들의 행태를 고발했다. 언젠가 우리 집에 다니러 오셨을 때 남편 혼 좀 내라고 가출한 척, 숨은 적도 있다.

"아이고, 이놈아 술 좀 끊어라, 에미가 몇 시간째 안 보인다."

아들의 등짝을 후려치며 속상해 하시는 걸 훔쳐보면서 마음이 좀 풀린 나는 두어 시간 더 있다가 옥상에서 내려왔다. 시어머니의 꾸짖음에 마지못해 사과하는 남편은 눈에 들어오지 않았다. 다만 지쳐 보이는 데다 어두운 표정까지 한 시어머니를 보면서 몹쓸 짓을 한 게 죄송했다.

비가 잦은 여름이나 겨울엔 테니스 레슨을 쉬는 날이 많았다. 그럴 땐 시골에 가곤 했다. 서울서 안동까지 먼 길이었지만 시댁 가는 게 싫지 않았다. 멸치 다져넣은 물에 된장 풀고 감자와 파, 마지막에 청량고추를 잘게 썰어 넣은 된장찌개는 맛났다. 내가 좋아하는 시어머니의 손맛이다. 시금치 삶는 법, 생선 손질법이나 겉절이 하는 법까지 백지 상태의 며느리가 살림꾼이 되도록 도와주시는 시간이기도 했다. 시댁에서 나는 시어머니가 "밥 먹어라." 할 때까지 늦잠을 잤다. 새댁 때나 아기엄마가 되었을 때도 난 이 핑계 저 핑계로 참 많이 게을렀다.

시댁은 시내 외곽 야트막한 산 중턱에 있었다. 시어머니는 텃밭에서 채소를 수확해 재래시장에 나가 팔았다. 도라지, 파, 상추, 호박이나 무 말린 것, 쑥과 냉이까지 무겁지 않은 것들을 조금씩 내다 팔아 반찬값으로 썼다. 대장암 수술을 한 지 10년을 넘겼다지만 환갑을 넘긴 노인이 장사를 하는 건 힘겨운 일이었다. 산길을 내려가 버스를 타고, 장터에서 전을 펴지만 종일 앉아있어도 손에 남는 건 푼돈에 지나지 않았다. 그런데 난 그 돈을 받아 썼다.

시댁에 다녀온 날 가방을 풀면 가방 바닥에서 우표 만하게 접은 만 원짜리 지폐가 두세 장씩 나오곤 했다. 돈을 챙겨주시면 마다할까봐 몰래 넣은 것이다. 어려운 살림에 반찬값이라도 하라는 뜻이었다. 지금도 만 원짜리를 볼 때면 알뜰하게 접은, 때 묻은 그 돈이 생각나곤 한다.

　시어머니가 건강이 나빠져 폐암으로 입원해 계셨을 때 일을 나는 잊을 수 없다. 3인용 병실로 들어온 간호사가 환자 이름을 부르자 입구 쪽 침대에서 대답했다. 주사 맞을 환자가 있나 보다 했는데 간호사가 시어머니에게로 와 주사를 놨다. 순간 간호사를 잡고 이 환자 거 맞냐고 물어봤어야 했는데 주춤하는 동안 주사약은 링거 줄 속으로 들어가 버렸다. 엉뚱하게 맞은 주사 탓인지 며칠 사이에 병이 악화된 시어머니는 67세로 세상을 떠났다. 내가 어리숙해서 시어머니의 죽음을 앞당겼나 싶어 아직도 죄스럽다.

　그렇게 보낸 시어머니를 태화장에서 다시 본 듯해 얼마나 반갑던지. 이런 나와 달리 남편은, 무말랭이를 뒤적이며 말을 걸고 노인의 얼굴을 뜯어보는 내 행동을 의아해했다. 서른 살의 작은딸은 유아 때 친할머니를 봤으니 기억나지 않을 수도 있겠지만 남편은 영 눈썰미가 없다.

　"어머님 닮지 않았어요?"

　귀가 길에 심중을 떠보자 그제야 살이 좀 찐 것 빼면 닮은 것 같기도 하다고 했다. 하긴, 그렇게 퉁명스런 노인을 두고 어머니를 '천사'라 표현해 왔던 남편이 연관 짓고 싶지 않앉을 것 같다.

세월이 많이 흘러도 사랑받은 기억은 퇴색하지 않는다. 사랑받음으로 행복했던 순간들이 나그네처럼 찾아들면 난 그 추억과 노닌다. 내 슬하엔 딸만 둘이다. 사위를 백년손님이 아닌 아들같이 품어 안을 수 있을지 걱정이다. 내 마음은 한없이 가볍고 얕고 좁아서 울컥하며 속내를 드러낼 때가 많은데……. 사랑도 연습이 필요하니 애쓰면 나아지려나.

골목

잘 정비된 보행로를 두고 구석진 길로 접어든다. 입구부터 백 미터가 되지 않는 짧은 골목. 조붓하기까지 해서 두 사람만 되어도 앞서거니 뒤서거니 걸어야 한다. 어린 외손자 손을 잡고 조심스레 자그락자그락 흙을 밟는다. 정겨운 추억의 소리다.

콘크리트 건물이 숲을 이루고 아스팔트와 시멘트로 포장된 길이 대부분인 도시. 그래서 아이들은 흙과 가까워질 기회가 거의 없다. 주말이라 외가를 찾아온 손자에게 내가 좋아하는 골목을 보여 주겠다며 동네 초입으로 간다. "여기서 놀까?" 하니 변신 로봇장난감을 선물 받은 때처럼 신나서

뛰는 모습이 마음을 기쁘게 한다.

호기심이 충만한 아이들에겐 모든 사물이 놀잇감이다. 다섯 살 아이의 시선이 벽 타기를 하는 담쟁이를 훑는다. 내가 담쟁이 덩굴손 끝을 잡고 벽에서 살짝 뜯어내자 아이는 "왜?"라고 묻는다. 개구리발가락처럼 생긴 둥근 흡착근을 보여 주며 담쟁이가 벽을 잘 붙잡고 있도록 하는 손 같은 거라 했더니 신기하단다. 담장 밑을 살피던 아이가 공벌레 앞에 쪼그려 앉는다. 손을 대자 콩처럼 동그랗게 되는 모습을 마치 자기가 처음 알아낸 듯 내게 가르쳐 준다. 땅을 꼬챙이로 헤집자 운 나쁜 지렁이가 아이에게 잡힌다. 손바닥에 올려놓고는 "귀엽다!" 소리친다. 아이들이 사물을 보는 방식은 어른들과 확실히 다르긴 한 모양이다.

떨어진 풋자두를 주워 담쟁이 맞추기 놀이를 하다가 담장의 깨진 틈을 보고선 흙을 채우며 고치는 중이라 한다. 아이가 갑자기 까르르댄다. 흙이 팔 쪽으로 주르륵 흐르자 간지럽다는 것이다. 흙을 만지며 한동안 놀더니 공벌레가 마음에 드는지 집으로 가져가겠다고 떼를 쓴다. 그렇게 하면 벌레 가족이 슬퍼할 거라고 해도 들은 체 만 체다. 나중에 다시 와서 놀자는 말로 겨우 아이를 달랜다.

"할머니, 또 올 거야?"

'다시'라는 말에 아이의 눈이 기쁨으로 빛난다. 재미있
냐고 했더니 힘차게 고개를 끄덕인다. 최근에 이사를 한 집
이 도시 외곽의 산 밑 동네라 다행이라는 생각이 스쳐간다.
아이가 거쳐 갈 유년의 골목을 조금은 풍부하게 만들어 줄
수 있을 것 같아서다.

어린 시절의 즐거웠던 기억은 오래도록 마음에 남는다.
거리를 걷다가 혹은 달리는 차창 밖으로 입구를 살짝 내보
이는 골목을 보면 마음이 동한다. 한번 거닐어 보고픈 유혹.
그러한 생각만으로도 까마득한 시간 저편, 가슴 밑바닥에 가
라앉았던 추억이 떠오른다. 슬며시 장난스런 미소를 베물게
도 된다.

지방의 소도시인 안동에서 오래 살았다. 리어카나 겨우
지나다닐 수 있는 골목집에서 초등학생 시절을 보냈다. 남자
형제 셋과 자라서인지 남자처럼 놀았다. 흙먼지 날리는 고샅
길을 뛰며 숨바꼭질을 하고 말뚝박기놀이며 딱지치기도 좋
아했다. 남의 집 초인종 누르고 달아나는 짓도 잦았다. 비 오
는 날을 기다려서 하는 특별한 놀이도 있었다. 두어 명의 아
이들과 골목 초입에 구덩이를 파 물을 채우고 위를 슬쩍 덮

은 뒤 숨어서 기다렸다. 발이 빠진 행인이 있으면 소리죽여 환호를 했다. "밥 먹어라"는, 귀에 익은 목소리가 해거름에 울려 퍼질 때에야 골목의 하루가 끝이 났다.

나는 흙강아지가 된 손자를 데리고 동네 골목을 빠져나온다. 최근에 아이의 평소 생활을 알고 난 뒤 짠한 눈길로 바라보게 된다.

다섯 살 아이의 주중 일과가 만만찮다. 아침 아홉 시에 어린이집에 가서 수업을 마치고 나오면 학원 버스가 기다리고 있다. 태권도 학원에서 집으로 오면 오후 다섯 시다. 배고파하는 아이에게 간식을 주고 엄마는 저녁 준비를 한다. 장난감을 갖고 놀다가 싫증나면 텔레비전을 켜 유튜브 영상을 본다. '번개맨'이나 '헬로 카봇'을 틀어 등장인물 흉내를 내며 소란을 떤다. 조용해졌다 싶으면 아이가 소파에 엎드린 채 잠이 들어 있다. 엄마에게 바깥으로 나가자고 졸라 봤자 뛰어 놀 데라고는 아파트의 작은 놀이터뿐이라 심드렁하다. 막상 나가 봐도 바람만이 그네를 타거나 미끄럼틀을 기어오르며 먼지를 날리고 있다. 아이는 어제 하던 놀이를 반복하며 또 하루를 보낸다.

도시의 골목은 변했다. 넓어지고, 포장이 돼 깔끔하다.

주민들의 안전을 위해 CCTV가 곳곳에 설치되고 가로등 불빛도 밝다. 그리고 주택가 골목은 도시의 골칫거리가 된 주차문제 해결을 위해 거주자우선주차제를 시행한다. 길 가장자리를 주차장으로 내준 것이다. 골목은 이제 큰길에서 들어가 동네의 좁은 길로 요리조리 통하는 '사람 중심'의 길이 아닌 차량과 더불어 소통해야 하는 공간이 되었다. 이는 럭비공처럼 어디로 튈지 모르는 아이들에게 안전한 놀이터가 아니라는 뜻도 된다. 자유분방한 놀이터로서 골목을 잃은 아이들은 자기들 나름의 골목으로 놀이장소를 옮겨간다. 컴퓨터며 스마트폰, 텔레비전과 게임기 등 집안으로 들어가 혼자 놀기에 익숙해져 가는 중이다.

짧은 흙길 골목 하나를 외손자의 기억에 심어 준 날이다. 내가 사는 동네엔 아직 시골스런 풍경의 길들이 많다. 주말마다 아이가 오면 소박한 골목 놀음을 계속할 것이다. 야트막한 계곡과 연결된 골목, 늙은 감나무가 팔을 담장 밖으로 쑥 내민 돌담길, 신라시대의 절터 영축사지로 향하는 농로를 걸을 것이다. 추억을 만든다는 건 멋진 앨범을 갖는 일과 마찬가지라고 이야기해 주고 싶다.

아이 눈에 비쳐질 골목, 훗날 어떤 마음으로 유년을 추억하게 될지 궁금하다.

지팡이

동네 고물상에서 유모차가 인기다. 이 낡은 아기용품을 찾는 노인이 늘어 품귀현상이 생겼을 정도란다. 유모차는 '어린 아이를 태워서 밀고 다니는 수레'라는 원래의 목적을 넘어 지금은 몸이 불편한 노인들의 애용품이다. 걸음이 불편할 때 쓰면 보행보조기고, 장 볼 때 쓰면 바구니, 폐지를 수거할 때는 짐실이 역할을 해 돈벌이 수단이 되는 도구다. 다목적용인 것이다.

유모차는 노인들의 보행을 돕기 위해 제작된 게 아니라서 미끄러질까 걱정이다. '실버카'라는 보행보조기가 판매되지만 10만 원이 넘는 비용이 부담되어 노인들은 중고 유모차를 즐겨 찾는다. 아가들의 성장기가 담긴 유모차를 누가 저문 날의 동행으로 삼기 시작했는지 알 순 없으나 황혼 길에 몸을 섬기는 지팡이로 제격인 것 같다.

노인들이 폐박스 등 재활용품을 모으는 광경은 흔하다. 가격은 형편없다. 온종일 주운 종이류를 고물상에 가져가면 1킬로그램에 백 원도 안 쳐서 종일 주워야 고작 천 원 내외란다. 그것도 푼돈벌이에 뛰어든 중년들과 경쟁하느라 부지런을 떨었을 때 얻는 결과다. 깔축없는 세월과 더불어 늙음과 질병을 동반할수록 삶은 돈을 요구하는 빚쟁이 같다. 힘겹지만 살아남기 위해 노인들은 폐박스를 잡는 손아귀에 힘을 준다.

나이가 들어간다는 사실에 별로 관심이 없었다. 짧은 청춘기를 지나 늙음이 지배할 때가 되면 그제야 노후 생각을 했을지 모르겠다. 그런데 남편은 달랐다. 정년퇴직이 10년쯤 남았을 때부터 '노후'란 말을 입에 달고 지냈다. 얼마를 모아야 우리가 일 년에 한 번 여행이라도 하며 살 수 있을까? 얼마를 저금해야 딸내미들을 출가시킨 후에도 울산에 머물 수 있을까? 얼마를 현찰로 쥐어야 시골 생활이 가능할까? 해결책을 구하느라 탈모까지 부쩍 심해졌다.

가장으로 직장에서 가족을 잘 부양할 수 있다는 건 남자들에게 자신감이다. 하지만 하얗게 바래지는 세월을 거스를 수 없어 일자리를 떠나야 할 분기점은 악몽의 시작이다. 몇 십 년 동안 아침, 저녁 시계추처럼 오가길 반복하던 그 직장, 그곳은 속박이었고 고통이었지만 보람과 미래에 대한 꿈도 함께 여물어 가는 곳이다. 그러나 삶의 튼실한 지팡이로 의지되던 곳에서 떠나야 할 즈음엔 백발의 세월만이 손아귀에 남는다. 이럴 때 배우자가 금전적 부담을 나눠 진다면 노후의 걸음이 좀 가벼울 것이다. 하지만 나처럼 글이나 쓰겠다고 들어앉은 아내와 함께라면 불안감이 깊을 수밖에 없다.

이즈음 남편의 정년을 헤아리며 생각이 많다. 고추바람 부는 날 폐지 모으는 노인에게서 준비되지 못한 미래가 어떤 것인지 시린 눈으로 보고 있기 때문이다. 예전엔 '아들만 있으면 노후 걱정 끝'이라는 생각이 지배적이었다. 하지만 인륜이 실종된 이 시대는 늙고 병든 부모가 갖가지 방법으로 외면당하고, 심지어 버려졌다는 뉴스도 심심찮다. 자식을 노후의 지팡이로 여기던 시대는 까막별이 되었다.

50대를 걷고 있는 여자가 할 수 있는 일, 돈이 되는 일을 찾아보고 있다. 예전에 방문교사를 했던 적이 있다. 다시 그

일을 시작해 볼까 하다가 머리를 절레절레 흔든다. 이제는 집집이 찾아다니며 수업할 체력도 안 되거니와 부모들도 젊고 능력 있는 선생에게 아이를 맡기고 싶을 것이라는 데서 희망이 꺾인다.

나보다 나이가 많은 친척 중엔 간병인 일을 하거나 중소 제조업체에 다니는 억척인 분도 있다. 백세 인생 시대에 겨우 반백 년 살고 일을 그만두면 아플 일밖에 더 있겠냐며 소일거리를 찾아보라 한다. 내가 할 수 있는 것, 가장 잘하는 것은 아무리 생각해 봐도 엉덩이를 붙이고 책상에 앉아 노는 일뿐이다.

개개인에게 지팡이로 인식되는 것들이 다양하다. 돈, 종교, 부모, 자녀, 꿈, 직장, 건강, 책…… 이것들 중에 내가 짚을 수 있은 지팡이는 창작이다. 여태껏 야무지지 못했던 시간들을 벗고 독서를 바탕 지식삼아 제대로 된 글을 발표하게 된다면 혹시 아는가, 남편의 말대로 될지.

"좋은 작품 발표해서 인정받아라. 글이 밥 먹여 준다."

4부

약속은 진행 중

약속은 진행 중

징글징글하게 연모한 세월이었다. 어쩌면 이대로 끝나 버릴 사랑이 된다고 해도 그 선택에 후회는 없다. 다만 야무지지 못한 사랑법으로 그녀와의 약속을 흐지부지 만들고 있다는 게 부끄럽다.

25년 시간의 저쪽, 우연히 모 방송국에서 주최하는 백일장에 참가했다. 결혼 전이나 후나 글쓰기에 별 관심이 없었는데 그날은 뭔가에 끌리듯 거기로 갔다. 상을 탈 것 같은 엉터리 예감을 좇아 두근두근 북이 된 가슴을 진정시키며 글을 써냈다. 탈락, 당연한 결과였지만 '두고 보자'는 오기가 비 온 뒤 죽순 자라듯 내 안에서 차올랐다.

도서관까지는 너무 멀어 동사무소에 비치된 마을문고 책들을 읽기 시작했다. 독서를 통해 문장공부를 할 요량이었다. 사실 어떻게 글쓰기를 시작해야 할지 몰랐고, 창작교실로 가기엔 여러 어려움이 있었다. 돌쟁이는 업고, 걷기 싫어 떼쓰는 네 살바기를 달래며, 왕복 한 시간 거리의 동사무소에서 책을 빌려 날랐다. 글을 써보겠다는 다짐이 아이들을 힘들게 하는 것 같아 마음 아팠지만 기왕에 내디딘 걸음이었다.

책상이 없어 방바닥에 엎드려 원고지를 채워 나갔다. 한참 몰입하다 고개를 들면 파지들이 홑이불을 펴 놓은 것 같았다. 너저분했지만 뭔가를 치열하게 하고 있다는 느낌에 가슴이 뿌듯했다. 무엇보다 아내도, 엄마의 자리도 망각할 수 있었던 시간이라서 좋았던 것 같다.

습작을 통해 차츰 글이 자리를 잡아가던 날, 여고 시절 추억 하나가 기억의 서랍을 빠져나왔다. 선생님을 속이고 친구들에게까지 거짓말을 하고 말았던 나. 들통이 나면 어쩌나 안절부절못하다가 찾아낸 방법이 학교 도서관에 스며드는 거였다.

"너희가 써 온 시 중 괜찮은 작품은 교지에 실을 예정이다. 시 쓰기 숙제에 혼신을 기울여 보도록."

국어선생님의 말씀이 귀에 쏙 들어왔다. 교지에 실릴 만큼 좋은 작품을 써서 한번쯤 튀어보고 싶었다. 물론 행과 연을 나눈다고 다 시(詩)가 되지는 않았지만 해낼 수도 있을 것 같았다.

아무리 머리를 짜내 봐도 내 것은 낙서였다. 쓰고, 지우고, 고치느라 시커메진 종잇장을 들고 나는 하는 수 없이 언니에게로 갔다.

한 번 슬쩍 훑어본 언니는 고칠 수조차 없는 글이라며 짜증스러워 했다. 조금만 손봐주면 작품 꼴을 갖출 거란 생각으로 시를 내밀었던 나는 우두망찰했다. 서운하고 답답했다. 고개를 푹 숙이고 돌아서는 내게 숙제로 제출만 하면 되는 거냐는 언니의 목소리가 따라왔다. 「갈망」이란 시가 손에 들어왔다.

교지에서 내 글을 읽은 친구들이 놀라워했다. 본인이 쓴 시인지 증명해 보라며 짓궂게 구는 아이도 있었다. 허영심에 들떠 미친 짓을 했다는 후회와 걱정으로 가슴앓이를 했다. 어떻게든 들키지 말아야 비난을 면할 수 있기에 진짜같이 보이려고 무던히 애썼다. 언니처럼 책과 친해지면 글을 잘 쓸 수 있으리란 믿음으로 독서에 정진하며 불안한 시기를 넘어갔다.

'별을 헤아리는 밤 내 가슴엔 냉기 가득한 바람 스치는 소리가 아우성처럼 들리고 오래도록 행복만을 갈망했던 작은 가슴엔 깨어진 파편처럼 조각난 꿈만 남았다…….'

대충 이런 내용이었던 것 같다. 행과 연이 어땠는지 잘 기억나지 않아 줄글로 옮겨 보았다. 언니의 외로움과 아픔이 시를 통해 점점이 드러나 있었는데도 나는 그 마음을 헤아릴 생각을 못했다. 철딱서니 없는 동생이었다.

내가 여고 졸업을 앞둔 12월의 마지막 날 언니를 잃었다. '가시나가 많이 배우면 팔자만 드세진다'며 딸의 진학을 막았던 아버지에 대한 원망과, 고통으로 점철된 어머니의 삶을 보며 간호사조무였던 언니는 생을 포기했다.

나는 글쓰기를 독학했다. 게으름 탓인지 등단하기까지 십년이 걸렸다. 문예지에 완료추천을 받던 해, 언니의 유택(幽宅)에서 한 약속이 있다. 좋은 글을 쓰는 작가가 되겠다고, 작품집 나오면 언니의 무덤 한켠에 묻어 주겠다고 했다.

언니가 나를 거짓말쟁이로 기억할 것 같다. 원하던 길의 초입에 들어선 뒤 긴장이 풀린 듯 딴 데로 마음이 기울었다. 맞벌이에 나서면서 진짜 열정을 쏟아야 할 창작 활동을 등한시했다. 하지만 이제라도 다시 초심으로 돌아가려 한다. 문학과 인연을 맺게 해준 언니에게 진심으로 감사한 마음을 전하고 싶다.

오늘도 책상 앞에 앉아 혼잣말을 한다.

"언니, 많이 늦었지만 약속은 진행 중이야."

뚱보 시첩(詩帖)

검정색 표지의 수첩을 꺼낸다. 가방에 넣고 다니며 일지 겸 메모장으로 쓰려고 마련한 것이다. 2백 페이지, 48절 크기로 남자 손바닥만 하다. 수첩을 살 당시는 문예창작을 공부하러 다니던 늦깎이 학생이었다. 울산서 부산 하단까지 시외버스와 지하철을 번갈아 타며 왕복 4시간 걸려서 다녔다. 일주일에 두세 번 등하교 할 때면 뭔가를 끼적이며 시간을 보내곤 했다.

계절 따라 변하는 창밖 풍경을 마중물삼아 추억을 끌어올리면 단상을 글로 남기고, 안일한 나날에 대한 반성의 기회가 될 때면 계획표를 짜곤 했다. 독서 중 밑줄 그은 내용을 옮겨 적어 보거나 마음에 드는 시가 있으면 필사를 해 내 방식의 언어로 풀어쓰는 연습의 장(場)이 되었다. 이렇게 늘 손 가까이 두다가 보니 제법 두꺼웠던 수첩의 여백이 몇 개월 만에 동났다. 다 쓴 수첩이라 없앨까 하다가 일상이 드러난 글이고 메모를 찾아볼 일도 있을 것 같아 당분간 책꽂이에 두기로 했다.

내겐 시를 오려 모으는 취미가 있다. 신문이나 문예지에 실린 시를 읽고 나서 나중에 다시 보겠다고 오려두곤 한다. 책상 위에 아무렇게나 두었던 건 한두 번 더 읽고 버릴 생각을 하고 있어서다. 하지만 제때 찾아 읽고 활용을 못하다보니 여기저기에 굴러다니는 종이쪽이 많아졌다. 어떻게든 정리할 방법을 찾아야 했다. 그때 눈에 들어온 것이 낡은 수첩이다.

오래두고 볼 게 아니니 대충 모아두기에는 수첩을 재활용하는 방법도 괜찮을 듯했다. 스크랩하는 용도로 쓰게 되니 기존에 씌어 있던 소소한 일상의 기록이 가려져서 좋고, 시첩(詩帖)으로 거듭나니 쓸모가 생겨서 좋았다.

자잘한 글씨나 짤막한 시는 여러 개씩 한 페이지에 붙이고, 신춘문예 당선 시처럼 활자가 큰 건 수첩 사이즈에 맞춰

4부 약속은 진행 중

접어 붙였다. 이렇게 틈틈이 오려 모은 시와 시조가 10년 동안 6백 편이 훌쩍 넘는다.

수첩이 시와 시조로 채워지자 안내서 역할을 톡톡히 한다. 생각만으로 뭉치고 흩어졌던 이미지들이 멋진 표현으로 눈을 뜨게 만든다. 지향해 보고픈 시 쪽으로 녹색 안내 등이 켜지면서 서툰 걸음까지 내딛게 한다. 막연하게 좋아했던 시인들이 내 안에 멘토로 들어앉는다.

누군가 내게 말했다. 오랫동안 수필을 써왔으면서 아직도 부족함을 느낀다면 한 장르에만 집중하라고. 그런 말을 들었을 때 조언에 대한 고마움보다 어쩐지 서운한 감정이 고개를 들었다. 어떤 장르의 글을 쓰든 다양한 공부를 통해 거름으로 삼으면 될 텐데 왜 아니라고 하는지 묻고 싶었다. 하지만 그냥 입을 다물었다. 정말 시가 좋아진다면 시 같지 않은 시라도 끼적거리며 시간을 보낼 것이고, 그게 아니라면 산문을 쓰는 데 보탬이 될 걸라 믿고 있기 때문이다.

글을 쓰다 보면 나름 최선의 노력을 기울여도 결과물이 형편없을 때가 적잖다. 자신이 이거밖에 안 되나 싶어 좌절하게 된다. 정말 해낼 수 없다면 손을 놔 버리는 게 좋지 않을까 망설인다. 이럴 때 나는 시첩을 펼쳐 도종환 시인의 「담쟁이」가 주는 조언에 집중한다.

'물 한 방울 없고 씨앗 한 톨 살아남을 수 없는/저것은 절망의 벽이라고 말할 때/ 담쟁이는 서두르지 않고 앞으로 나아간다.'

서로 부대끼며 살아가야 하는 삶, 그 속에서 사람들에게 생채기를 입고, 배신감으로 아플 때가 있다. 그럴 때 차라리 혼자인 게 낫겠다고 머릴 흔들면 「사람을 쬐다」라는 유홍준 시인의 시가 마음으로 들어온다.

'사람이란 그렇다/사람은 사람을 쬐어야지만 산다/독거가 어려운 것은 바로 이 때문, 사람이 사람을 쬘 수 없기 때문.'

원래 두께보다 4배나 부풀어 오른 뚱보 시첩을 늘 곁에 두고 있다. 어쩌면 버려질 수도 있었던 다 쓴 수첩이 세상에 한 권밖에 없는 나만의 시첩으로 거듭난 게 감사하다. 시간이 흐르면 표지는 더 낡아지고 종이쪽이 너덜대겠지만 잘 손질해서 오래 두고 읽으려 한다.

이번 스크랩을 통해 내가 알게 된 것이 있다. '소중한 것'이란 단정적인 표현 말고 '소중해져 가는 것'이란 진행형 의미를 갖는 말에는 따뜻함이 들어 있다는 사실이다. 시간과 노력과 정성이라는 값에 개성이 더해지면 탄생되는 맞춤형 선물. 나는 방안을 둘러보며 또 다른 선물들을 찾아본다. 혹여 내가 깨닫지 못하고 있을 뿐 소중해져 간 사물이 내 곁에 더 있는 것은 아닌지.

오랫동안 써온 일기장과 내 작품 파일에서 훈기를 느낀다. 아하, 저기에도 있었구나.

괘종시계

비를 머금은 바람이 한바탕 꿈틀거린다. 녹슨 철제대문이 여기가 출입구라고 방문객에게 신호하듯 삐걱댄다. 쑥대밭이 된 마당으로 한 발 내디딘다. 군락을 이룬 대나무가 수문장처럼 낯선 이의 진입을 제지한다. 어쩔 수 없이 머리를 이리저리 움직여 안을 살핀다. 한낮임에도 빛이 얕게 들어앉은 한옥은 선글라스를 끼고 보는 것처럼 침침하다. 깨지고 흩어져 내린 기왓장, 문짝은 누가 떼 간 듯 흔적도 없다. 안방, 대청, 건넌방, 쪽마루로 시선이 널뛰기를 하다가 순간 번뜩이는 뭔가에 놀란다.

몇 년째 방치된 빈집은 해마다 피폐해져 간다. 울창해진

나무들로 인해 집이 거기에 있는지도 모를 정도다. 조심스럽게 들여다보니 담장과 곳간이 허물어진 채다. 아무도 이사를 오지 않고 방치된 집, 그러한 이유로 도시 근교의 낯선 집에 관심을 갖게 된 나다.

찻길 가장자리와 대문이 거의 붙어 있는 집의 구조가 당황스럽다. 대문으로 출입하던 가족이 달려오는 차량에 다치는 아픔을 겪었을 수도 있다는 생각이 지나간다. 그래서 이곳을 버리듯 떠났다고 마음대로 상상하며 탐색을 이어간다.

좀 전에 광채가 나던 쪽으로 다시 시선을 보낸다. 괘종시계가 있다. 1미터쯤 되는 갈색몸통의 시계가 짙은 금빛 시계판과 추, 액세서리 봉, 유리 덮개까지 온전한 상태로 작은 방 벽에 걸려 있다. 5시 48분을 가리킨다. 알뜰히 태엽을 감아 주면 되살아날 것처럼 생생해서 퇴락한 집의 분위기와 대조된다. 얼핏 홀로 남겨진 것에 분노하는 존재처럼 느껴져 소름이 돋는다.

최근에 고독사(孤獨死) 관련 뉴스가 언론에 자주 오르내린다. 질병, 실업, 궁핍, 이혼, 늙음의 문제들을 오롯이 혼자서 견뎌내다가 주검으로 방치된 이들의 얘기다. 몇 개월에서 더러는 해를 넘겨 백골 상태로 발견돼 그 쓸쓸한 삶이 파

문을 일으킨다. 그런 주검이 폐가에 남겨진 괘종시계 같다고 여긴다. 누구도 기억해 주지 않는다는 점에서, 또한 시계태엽을 감아 주듯 어떤 이의 손길이 보태졌다면 삶을 이어갈 수 있었을 거라는 사실에서 닮은꼴이다.

『서경』 「홍범편」에서는 수(壽)·부(富)·강녕(康寧)·유호덕(攸好德) 그리고 고종명(考終命)을 인간 오복(五福)으로 든다. 오복 중에 죽음과 관련된 부분은 공감이 어려웠다. 죽음 자체가 '복'과는 거리가 먼 슬픈 일일 뿐이라며 코웃음쳤다. 하지만 고독사한 사람들의 기막힌 최후를 보면서 죽음이 복(福)일 수 있음에 수긍한다. 고종명, 천명을 다하되 며칠만 앓다가 가족들 곁에서 숨을 놓는 복이 내게 있었으면 좋겠다.

아버지가 세상을 떠났다. 갑자기 발병해서 두 달 만에 상(喪)을 당해 가슴 먹먹한 이별이다. 하지만 '그만하면 괜찮았어'라고 얘기를 하려 한다. 아버지는 가슴에서 얼굴까지 난 작은 단추 같은 두드러기를 대수롭지 않게 여겨 가족에게 알리지 않았다. 그래서 상반신을 뒤덮은 뒤에야 병원에 가게 되었다. X-레이부터 찍으려고 기다리던 중 기절하면서 상황이 긴박해졌다. 피검사 후 급성백혈병 진단이 내려지자 시골에서 대구의 대학병원으로 가게 되었다. 구십을 바라보는 나이인데다 폐에 물까지 차 희망이 없다고 했지만 가족들은 '그래도'라는 기적을 꿈꾸며 병상을 지켰다.

가족들이 한껏 아버지를 안은 시간은 길지 않았다. 안는 것도, 안기는 것도 익숙잖은 보수적인 아버지에겐 병실 생활이 고역이었을 것이다. 자신의 말이 곧 법이었던 세월을 살았던 아버지. 병석에 있으면서 그런 시절은 꿈이 되었다. 혼자 앉기는커녕 대소변 처리를 가족의 손을 빌려야 하는 상황이 되자 말을 잃었다. 체념은 하루가 다르게 아버지를 병약하게 했다.

침상을 지키던 아내를 향해 아버지는 엄지를 세워 보였다. 평생 처음 고마움을 표시한 것이다. 무뚝뚝하기만 했던 아버지의 몸짓은 병실을 잠시 웃음으로 채웠다. 하지만 순간적으로 호흡곤란이 와 의사를 호출할 경황도 없이 숨이 끊어졌다. 이틀 전 병원서 불침번 선 게 나오는 마지막 시간이었다. 애기라도 좀 나눌 걸, 손이라도 잡아드릴 걸 하는 후회가 파도처럼 밀려들었지만 후회란 건 아무리 빨리 해도 소용없는 일이 아닌가. 그래도 딸이 임종을 지킨 것보다는 아내가 함께했으니 다행이었다.

아버지로서는 오래 앓는 어려움을 겪지 않았고, 가족들

은 최선을 다할 기회가 있었기에 아쉽지만은 않다. 입관 절차 속 아버지는 편안해 보였다. 어머니가 길쌈을 해 만들어 준 안동포 수의를 폼 나게 입고 병마의 고통을 잊은 얼굴에는 긴 잠이 한껏 나래를 펴고 있었다. 나는 손싸개에 가려진 아버지의 찬 손을 잡고 마지막 인사를 했다. 아버지만의 방식으로 주신 사랑, 무뚝뚝함 속에 들어 있던 정을 깨닫고 있었으면서 다정한 딸이 되지 못해 죄송하다고. 아버지를 돌봐 드릴 기회를 주셔서 감사하다는 마음을 전했다.

오후 5시 48분.

폐가에 남은 괘종시계의 시간을 '오후'로 읽는다. 인생을 하루에 빗대었을 때 내가 닿아 있는 현재쯤의 시간이기도 하다. 세월 속에 존재감을 상실한 폐가의 시계는 달릴 기회를 잃었지만 내가 닻을 내린 인생의 오후엔 아직 햇발이 남아 있다. 얼마만한 시간이 내게 주어졌는지 알 수도 없고 그것은 중요한 게 아니다. 앞서의 삶보다 잘 살아내는 일 이제 그것만 생각하기로 한다.

스무 날

척추마취를 위해 주삿바늘이 등 쪽에 꽂히는 고통을 처음 느꼈다. MRI로 봤을 때보다 연골 상태가 나빠서 무릎뼈에 7개나 되는 구멍을 뚫어야 했다는 의사. 내시경 시술 후 통증을 가라앉히는 진통제를 맞고 누운 내게 의사는 '삼 주 입원'을 못 박았다.

　혼자 지내고 싶었지만 병원비를 아끼기 위해 의료보험이 적용되는 방으로 든다. 여섯 개의 침대가 둘씩 마주 놓인 병실에서 아픈 다리보다 불편한 공간에 대한 가슴앓이가 크다. 아침부터 밤까지 딱히 나를 주시하는 사람도 없지만 무심한 이도 없는 환경이다. 남에 대해 알고 싶지 않은데 보고,

들리고, 느껴지고, 판단하게 만드는 다인실(多人室)에서 나는 몇 개의 동작을 반복하는 인형이 된다. 눕고, 앉고, 먹고, 휠체어 타고 화장실에 가거나 썻고 다시 침대로 들어가 시시때때 토끼잠을 자는.

다행이라고 할 것은 없지만 개인적인 공간이 주어지는 때가 있긴 하다. 사방으로 커튼을 당겨서 침대 둘레를 치면 한 평쯤이 내 차지다. 주로 의사가 회진 치료하는 때나 밤늦은 시간에나 가능하다. 내가 누운 안쪽 벽면에 텔레비전이 설치되어 있지 않았다면 원할 때마다 커튼을 칠 수 있다. 하지만 옆 환자의 시야를 가리게 될까봐 그렇게 못한다. 종일 노천에서 시간을 보내는 느낌이다. 그래서 창 쪽을 보고 누워 보자기만큼 올려다 보이는 하늘을 숨통 삼곤 한다.

심야에 소등할 때쯤 누가 먼저랄 것 없이 차르륵 차륵 커튼을 당긴다. 병실 공간이 육분의 일로 분할되는 순간이다. 작은 자유가 비로소 사각의 커튼 안에 깃든다. 아니 그렇게 여긴다. 밤의 침묵 속에 고개를 드는 소리들에도 너그러워져야 편해진다. 코 고는 소리, 방귀 소리, 잠꼬대, 휠체어를 타거나 목발을 짚고 화장실 드나드는 소리, 틈틈이 환자 상태를 체크하러 오는 간호사의 수고와 가족끼리 속삭이는 소리까지 다양하다. 소리는 고집불통처럼 스물네 시간 환자를 맴돌며 사생활에 끼어든다.

오른쪽 무릎을 반 깁스를 한 입원 초기, 보호자가 자릴 비우면 난감할 때가 있었다. 혼자 침대에서 내려와 휠체어에 앉는 게 숙제고, 문턱 있는 화장실을 넘나드는 일은 진땀났다. 또한 시계처럼 정확한 시간에 배달되어 오는 밥도 고민이었다. 식판 내다 놓을 걱정으로 누가 좀 오지 않나 출입구를 힐긋거리자니 밥맛도 없었다. 한 쪽 다리를 쓸 수 없을 뿐인데 침대 위 그릇 치우는 문제까지 골머리를 앓게 할 줄 꿈에도 몰랐다.

"식사 끝났나 보네. 침대 위에 식판 그냥 놔두소."

갈비뼈에 금이 가 보호대까지 찬 환자가 "두 발 멀쩡한 사람"이 치워야지 하면서 식판을 들고 나간다. 와인색 단발머리에 농담도 곧잘하는 육순의 그녀는 집에서 가져온 쌈이나 과일을 나눠 주며 병실 사람들의 마음을 토닥인다. 나와 대각선 자리 입구 쪽 침대를 쓰는 그녀 옆에는 교통사고 환자가 있다. 접촉사고로 허리를 삐었다는데 맹자를 공부하며 시간을 보낸다. 병실에서 하릴없이 지내는 게 싫다는 그녀에게선 억척스러움이 엿보인다. 결혼 생활이 불행했기에 남편과 사별 후 화장품 방문판매를 하는 지금이 가장 행복하다며 함박웃음 짓는다. 그녀는 입원 첫날부터 껄껄한 목소리로 잠꼬대를 하며 욕설을 쏟아냈다. 아픔을 털어내는 한 과정인가 여겼다.

몇 년 전 사고로 목에는 철심이, 경추엔 나사가 꽂힌 채 대퇴부 수술까지 받았다는 여성이 무지외반증 때문에 입원한다. 병원 하늘공원에서 목발 짚는 연습 중일 때 본 기억이 있다. 수술을 앞둬 긴장된다며 담배 한 개비 얻자고 해서 내심 놀라게 했던 여자. 나는 남편에게 고개를 끄덕여 담배를 주게 하고는 병실로 내려왔다. 그런데 좀 있다가 보니 수술을 마친 그녀가 내 앞자리로 온 것이다. 첫인상도 평범하지 않았지만 보호자에게 감정 기복상태를 그대로 드러내며 언성을 높이는 걸 보면서 거리를 둬야 할 사람으로 점찍었다. 하지만 누워 있지 않은 다음에야 종일 마주볼 수밖에 없어 차츰 말을 주고받게 되었다.

알고 보니 그녀는 분위기 메이커였다. 화통하게 웃고, "언니, 언니" 하면서 낯선 환자들에게 스스럼이 없이 굴었다. 본인 걸음도 불편한데 휠체어를 밀어 주고, 식판을 나르고, 커피를 챙기곤 했다. 보호자를 부추겨 외출했다가 따뜻한 호떡을 사 들고 와서 나누는 센스도 보였다. 맥주가 먹고 싶으면 기어이 남편을 채근해 나갔다 오는 그녀, 어처구니없는 행동에 혀를 차면서도 귀여웠다. 관계란 것은 동그라미와 세모와 네모가 어울려 만들어내는 조화라는 걸 차츰 받아들이는 시기였다.

내 옆 침대엔 자전거를 타다가 넘어져 무릎을 다친 또래가, 또 그 옆엔 발목 복숭아뼈가 함몰된 이가 입원했다. 자전거 때문에 다친 이는 교인들이 자주 병문안 와서 기도와 찬송으로 그녀를 위로했다. 병실이 복잡해서 얼른 방문을 끝내기를 기다리고 있노라면 그들이 내게도 쾌유를 빌고 음식을 권했다. 나는 엉겁결에 어울렸다. 병원에 갇혀 지내며 가라앉았던 기분이 그녀들과 대화를 나누면서 안정을 찾아갔다. 낯가림이 심하고 시끄러운 걸 못 견디는 내가 병실 합숙을 하면서 어우러지는 법을 배우고 있었다. 매일 조금씩 '나'라는 모서리가 깎여 나갔다.

내가 남들에 대해 이러쿵저러쿵 하지만 그들에게 나도 지루하고 답답한 존재였지 싶다. 농담이란 건 할 줄도, 받을 줄도 몰라 분위기를 냉랭하게 만들고 인상도 차가운 편이라는 말을 듣는다. 남이 애써 끌어올린 방 분위기에 찬물을 끼

없는 환자였으니 얼마나 껄끄러웠을까. 내가 남을 저울질하는 만큼 그들도 내 마음과 다르지 않았을 것이라는 사실을 잊어서는 안 되겠다.

"늘 없는 듯한 사람인데 퇴원한다니 서운하네."

스무 날이 흘러 병실을 나설 때 목발을 짚은 내 손에 그녀들의 폰 번호를 쥐어준다. 재활 잘하고 이렇게 만난 인연이지만 잊지 말자는 따뜻한 말. 서로 어울려 사는 의미와 기쁨을 배운 자리는 아직도 온기가 남아 있다.

여름과 가을과 겨울이 지나 다시 봄을 기다리는 이즈음 그녀들의 몸은 잘 회복되었는지 1년 만에 안부를 묻는다.

훔쳐보다

18층까지 엘리베이터가 올라올 때를 기다리며 길 쪽으로 난 창에 다가선다. 오후 6시가 좀 지났을 뿐인데 늦가을이라 벌써 어둑어둑하다. 집집이 전깃불을 밝히자 우리 아파트동과 나란한 건너편 아파트 실내가 고스란히 눈에 들어온다. 장난감을 갖고 노는 아이와 컴퓨터를 하고 있는 이, 소파에서 텔레비전을 보거나 이불을 펴고 누운 사람도 있다. 의도치 않게 남의 사생활을 훔쳐보고 있다는 사실에 흠칫 놀라며 창에서 몇 걸음 물러선다.

살아가다가 보면 가끔 우연스럽게 뭔가를 보게 되는 일이 생긴다. 일단 눈에 들어오면 관심이 슬쩍 고개를 든다. 이게 인간의 심리인 것 같다. 내가 동생의 노트를 끝까지 읽게 된 것도 호기심의 결과다.

김장을 담근다기에 일손을 도우러 친정에 간 날, 그때도 막냇동생이 쓰는 방에 머물렀다. 시골집 세 칸의 방 중에 그나마 좀 넓은 편이라 잠자리로 빌렸다. 종일 마당과 부엌을 오가며 소금에 절인 배추를 씻고 양념 준비를 하는 등 추운데서 움직였더니 몸이 천근만근이었다. 방바닥을 대충 치우고 쉴 생각으로 걸레질을 하다가 문갑 밑에 보이는 노트를 꺼내 읽게 되었다.

노트 속 그림자 진 마음들이 행간을 빠져나와 내게 스며들었다. 동생은 바람처럼 지나가 버린 철없던 날들에 대한 후회로 노트를 빼곡히 채우고 있었다. 나이 중년을 넘긴 독신 남자의 일상은 우툴두툴하고 건조했다.

대학 진학시 동생은 종교에 대한 관심을 자신의 미래 앞에 놓았다. 목사가 되겠다거나 종교와 관련된 일을 할 것도 아니었으면서 신학과에 진학했다. 원서를 쓸 때 가족들과 의논하지 않은 건 반대를 예상했기 때문이었다. 1학년을 마친 후 학과에 대한 갈등 때문에 군목무를 지원했다는 말을 들은 적이 있다. 그 후 복학을 해서도 전과(轉科)를 하지 않고 졸업장을 받았다. 그 까닭을 나는 아직도 듣지 못했다.

취업이라는 현실적인 문제 해결을 위해 동생은 공무원 시험 준비를 했다. 학원에 다닐 형편이 안 돼 도서관을 오가며 자신과의 싸움을 해나갔다. 7급 시험을 준비하면서 필기시험에 합격해 희망을 가졌었지만 결국 절반의 성공에 그쳤다.

오래도록 시험의 늪에 빠져 있다가 나와 어렵게 방향 전환을 하자니 길이 잡초로 뒤덮여 헤매었다. 풀리지 않는 인생의 매듭 때문에 밝고 순했던 동생은 변해 갔다. 미간에 주름이 깊어지고 무엇이든 부정적으로 보고 말하는 습관까지 생겼다. 막내가 미지의 길을 잘 헤쳐나 갈 수 있게 누이로서 길잡이 역할을 해줬어야 했는데 알아서 하겠거니 너무 믿어 버렸다.

동생의 일기는 날짜 간격이 좁은 데가 있는가 하면 몇 개월씩 건너뛰기도 했다. 노트가 별로 두껍지 않은데도 몇 년의 시간이 그 속에 들어있었다. 내가 노트의 끝 부분을 읽어 나갈 무렵 눈길을 잡고 놔주지 않던 문장이 있었다.

동 트기 전에 잠이 깼다. 머리맡 휴대폰을 당겨 확인해 본 시간은 새벽 4시다. 이 시간 문밖에서 발소리가 들린다면 분명 노모일 것이다. 아궁이에서 장작불이 타닥타닥 불꽃을 올리는 소리가 들린다. 표고목이 탄다. 참나무 동가리들이 몇 년 표고버섯을 생산해 낸 뒤 마지막 단계로 소신공양 중이다. 나는 이불을 머리 위까지 뒤집어쓴다. 방바닥이 더워올수록 추워지는 이 느낌은 뭔가? 마음에까지 한기(寒氣)가 든다. 평생 자식들을 위해 온갖 것 다 내주고 쪼그라진 노모. 표고목이 되어 아궁이에서 탄다. 늙어가는 자식의 마음을 아리게 하는 사랑이다. 내가 노모 방 아궁이에 타는 장작이 되어야 하는데 거꾸로 되었다. 일어나야겠다. 호호 백발의 어머니를 얼른 방으로 모셔야 한다.

분가해 산 지 20년이 넘는 내가 동생의 마음을 어찌 다 알까마는 서로의 고통을 헤아리는 모자의 정에 숙연해졌다. 노모와 아들이 서로를 측은지심으로 바라보는 모습이 눈에 그려져 한숨이 나왔다. 나는 노트를 덮으며 다음날 동생에게 꼭 하고픈 말을 준비했다..

"글을 써보는 건 어때?"

예전부터 동생이 시 쓰기에 열심인 것을 알고 본격적으로 공부해 보라 권했다. 동생이 굳은 표정을 지었다. 펜이나 잡고 앉았을 마음의 여유도 없거니와 자신에겐 재능이 없다고 말을 잘랐다. 나는 마당을 빠져나가는 동생을 묵묵히 바라보았다. '시작이 반'이라 했는데, 지금은 너무 늦어 버린 걸까? 동생의 쓸쓸한 뒷모습조차 한 편의 시를 품은 것처럼 느껴졌던 건 내 안에 남은 미련 탓이었을 것이다.

사방으로 뚫린 길에 서면 삶도 이와 같았으면 싶다. 세상에는 여러 형태와 이름의 길이 존재한다. 잘못 진입해도 한 바퀴만 더 돌면 기회를 얻을 수 있는 로터리와 대로, 소로, 외길, 경사길, 오솔길, 자드락길이 있다. 그리고 골목의 끝점인가 하고 돌아서려고 했을 때 숨어 있던 길이 눈에 띄기도 한다. 내가 우연히 마음을 훔쳐본 동생에게도 끝진 데를 돌아서면 감춰져 있던 길이 '짠' 하고 나타나 줬으면 좋겠다.

우두커니 빈 들을 지키는 허수아비처럼 그냥 바라볼 수밖에 없는 나. 동생의 노트 여백에 힘내라고 꾹꾹 눌러써 주고 싶지만 참기로 한다. 누군가가 자신의 속내를 들여다봤다는 걸 알면 얼마나 속이 상할까. 하지만 힘들 때 더러 누이에게 마음을 훌훌 털어 버리라고 얘기해 주고 싶다. 들어주는 일, 그건 내가 잘 할 수 있다.

꿈꾸는 고래

비가 내린다. 며칠 동안 집안에서만 시간을 보내서인지 비마중이라도 가고 싶다. 빗방울이 제법 굵다. 바람을 타고 빗금으로 내리는 비는 우산을 써도 금세 옷을 적실 것 같다. 거실 창으로 밖을 내다보다가 외출 준비를 한다. 녀석이나 한 번 보고 와야겠다.

　도시 외곽 문수산 아랫동네로 최근에 청사를 옮긴 울주군청 쪽으로 걷는다. 터를 닦아두었을 뿐 건물이 들어서지 않은 공지가 대부분이라 주변이 휑하다. 날씨 탓에 행인도 뜸하다. 비가 정적을 가져온 시간이다. 이런 때면 녀석이 몰래 움찔거리지 않을까 상상력이 꿈틀댄다. 숀 레비 감독의

'박물관이 살아있다' 속 동물들은 밤에 깨어나지만 녀석은 물이 그리워 빗소리 알람에 눈을 뜰 것 같다.

군청 진입로 벽에 새겨진 그림을 보면서 간다. 육상, 해상 동물과 기호 등 다양하다. 하지만 눈에 띄게 많은 건 고래다. '울주군' 하면 먼저 떠오르는 게 국보 제285호인 반구대 암각화다. 그래서 선사시대의 그림 3백여 점 중 일부를 따온 것 같다. 길을 따라 걸으며 새끼를 업은 고래와 임신한 고래, 분기공으로 분기 중인 고래, 수직으로 유영하는 작은 고래들을 만난다. 오르막길 끝에는 특별한 고래가 있다.

7420만 년 전의 것으로 무게는 4백 톤이 넘는다. 길이는 8미터 가량 된다. 높이와 너비의 비율은 길이의 3분의 2쯤 되거나 그보다 좀 작다. 옅은 황토색에 드문드문 회색빛이 도는 화강암이다. 청사 건립 터파기 과정에서 발굴된 걸 그 자리에 뒀다. '간절곶 첫 일출의 기상으로 솟구치는 귀신고래 머리와 같은 상징성'을 가지고 있다는 설명이 붙어 있다.

나는 이 바위를 '꿈꾸는 고래'라 부른다. 숨구멍 위치 쯤 되는 곳에 작은 소나무가 있어 고래가 물을 뿜는 것 같다. 웅장한 암석이 귀여운 고래 느낌으로 거듭나는 데 나무가 한 몫을 한다. 산(山)이라는 알껍질에 싸여 있다가 세상 밖으로 나와서 서남쪽을 향해 있다. 문수산 저 너머로 눈길을 보내며 사색에 잠겨 있는 듯도 하다. 선사시대 고래의 영혼들이 대곡천 절벽을 타고 올라 옹기종기 모여 있는 곳, 혹시 쓸쓸한 마음이 그리로 가고 있는 것은 아닐까?

"반구대 암각화 속에 새끼 업은 귀신고래 본 적 있잖아. 난 이 녀석이 어미한테 업혔던 새끼고래가 환생한 것만 같아."

녀석을 처음 본 날 동행에게 한 말이다. 동행은, 7천만 년 전 중생대 백악기 암석과 7천 년 전 신석기시대 암각화라는 엄청난 세월의 간격을 뛰어넘는 발상이라며 나를 놀렸다. 하지만 그날부터 내 마음엔 어미를 찾아 세상 밖으로 나온 귀신고래 한 마리가 들어앉아 버렸다.

왼쪽 눈처럼 보이는 자리가 살짝 곡선 지면서 패였다. 웃는 상이다. 녀석을 귀신고래라 여겨도 되겠다 싶은 까닭은 입에서 찾는다. 귀신고래는 먹이를 섭취할 때 바닥을 휘저으면서 물과 함께 침전물을 입에 넣는다. 흙을 수염판 사이로 뱉어내고 남은 갑각류 같은 걸 먹는다. 녀석도 붉은 흙을 입에 잔뜩 물고 있어 식사 중인 것 같다. 울주군청을 짓느라 산을 들어낸 자리에서 나온 거대한 암석. 누군가의 아이디어로 활용이 결정되자 암석은 광장 한켠을 차지하게 된다. '울주천년바위'라는 이름을 얻는다. '울주'라는 지명이 1018년 고려 현종 9년에 울주방어사를 설치하면서 역사에 등장 후 우여곡절을 거쳐 현재로 이어진다. 그런데 신청사로 이사한 해가 지명 사용 1천 년째가 되니 터파기 과정서 나온 녀석은 울주군의 역사를 알리는 의미적 존재가 된다. 무엇보다 이 암석이 고래 형상을 닮았다고 상상할 여지가 있다는 게 행운이다. 암석을 '귀신 고래의 머리'라고 이미지화하니 반구대 암각화의 고래, 장생포의 고래까지도 아우르는 울산의 고래가 된다.

'경해(鯨海)', 고래의 바다로 불리던 장생포에 가면 귀신 고래 조형물이 많다. 옛날 동해에 떼 지어 다녔다던 한국계 귀신고래를 알게 된 후부터 따개비가 잔뜩 붙은 고래 조형물들을 한국계 귀신고래를 향한 그리움이라 나는 칭한다. 멸종 위기에 처한 그들이 개체 수를 늘여 귀향, 사람들과 교감할 수 있는 기회가 오기를 기대한다.

행동이 느린 데다 해안 가깝게 사는 연안성 고래라서 포경 대상이 되기 쉬웠던 아픈 과거. 잔혹했던 시간을 덮고 화해의 손길을 내미는 인간을 용서하는 날 그들이 울산 앞바다로 돌아와 줄 것 같다. 호기심이 많아 물 위로 머리를 쑥

올려 주변을 살피거나 사람을 보면 먼저 다가온다는 귀신고래. 언젠가 배 옆으로 다가온 거대하고 유순한 존재와 눈길을 맞춰 볼 날이 있으리라 기대한다.

비를 흠뻑 맞은 녀석이 우울해 보인다. 소나기처럼 거세진 빗줄기가 기억 속 바다를 더 선명하게 만든 걸까? 오래전에 헤어진 어미고래의 안부가 궁금해진 것일까? 집으로 발걸음을 돌리면서 나는 꿈꾸는 고래를 토닥인다. 귀신고래가 돌아오면 그 소식 내가 먼저 전해 주겠다고. 그때 마음속에 너를 들어앉혀서 바다로 데려가 주겠다고.

'달'을 보다

가을바람이 산산한 날 도자기 가마에서 낮달 하나가 나왔다. 수더분한 시골 아낙 같은 표정으로 도공의 품에 안긴 채였다. 가로세로 비율은 비슷하고, 높이가 40센티미터쯤 돼 보이는 달항아리. 도공은 걸음을 옮겨 구석진 곳에 백자대호(白磁大壺)를 앉혔다. 순간 나는 그의 얼굴을 스쳐가는 수심 한 가닥을 보았다.

　달항아리를 만들기 위해서는 흙으로 아래 위 대접을 따로 빚어야 한다. 대형이라 한 번에 물레에 올릴 수 없는 까닭이다. 커다란 대접을 마주 놓아 두 면이 닿으면 도공은 이음매를 마무리하며 '달' 모양을 잡는다.

달항아리는 둘이 하나가 되어 불가마에서 다시 태어난다. 1천도가 넘는 불길 속에서 하얗게 타오르다 뜨거운 듯 몸을 움직여 거듭난다. 어떤 것은 도공이 바라던 모습대로 세상과 만나지만, 비뚤어지거나 금이 간 채 얼굴을 내미는 것도 있어 도공의 아픈 손가락이 된다.

백자대호는 '이지러진 달'이 되기 쉽다. 보름을 넘긴 듯 살짝 이지러진 달항아리를 볼 때면 부부의 모습이 연상된다. 오랜 결혼생활을 통해 적당히 맞춰지고 다듬어진 우리 혹은 이웃의 모습을 보는 것 같아 미소를 머금게 한다. 남녀가 동반자로서의 삶, 그 시작점에서 짝에 대한 환상은 누구에게나 있다. 하지만 열정의 시간이 가고 환상에서 벗어날 즈음, 타자(他者)였던 이들이 부부로서 살아가는 데 참 많은 관심과 이해와 배려가 필요하다는 걸 깨닫게 된다. 갈등, 미움, 절망, 고통, 후회…… 이러한 것들이 서로의 가슴에서 한숨이 되지 않게 보듬어 가는 세월, 그렇게 안착한 모습이 달항아리를 닮았다.

며칠 전 경주 근처의 요(窯)에 갔던 건 흙가마에서 도자기 꺼내는 걸 보고 싶어서였다. 가마에서 꺼낸 자잘한 접시와 토우들은 옹기종기 피어난 들꽃 같았다. 도공의 작품 중에 달항아리가 내 맘을 끌었다. 한 번쯤 안아보고, 느껴보고 싶었던 것이었기에 눈을 뗄 수 없었다. 도공이 백자대호를 안고 건물 한켠으로 갈 때 얼른 그의 뒤를 따랐다.

"높은 온도에서 구워질 때 이렇게 금이 가거나 일그러지기도 해요."

큰 대접끼리 맞붙인 자리에 선명히 금이 간 것을 바라보던 도공은 달항아리를 폐기하진 않았다. 안쪽이 잘 붙어서 억새꽃이라도 한 다발 꽂으면 멋스러울 것 같다는 그였다. 나는 안타까워하던 마음을 털어내고 흐뭇하게 고개를 끄덕였다. 도공의 기술과 지식이 축적된 결과물로서 달항아리는 보다 완벽해야 했다. 그러나 완성도에 연연하지 않는다면 실패작도 의미가 됨은 아름다운 결론이다.

오사카시립동양도자미술관엔 18세기 조선에서 만든 특별한 달항아리가 있다. 이것은 일본 도다이지(東大寺)의 관음원 주지 것이었는데 도둑질 하다 들킨 밤손님이 산산조각 냈다. 스님은 애지중지하던 걸 버릴 수 없어 가루까지 쓸어모아뒀고, 후에 이것을 기증받은 미술관 측이 어렵게 복원했다. 무엇보다 복원 과정에서 흥미를 끌었다.

'깨졌던 흔적을 알 수 없게 할 것이냐? 자세히 보면 파손

흔적이 드러나게 할 것이냐?'

복원 전문가의 질문에 미술관 측이 후자를 택했다는 것이다. '드러냄'의 이유, 그 사연까진 모르겠다. 하지만 철저하게 파손되었던 사연을 품고 서 있는 것이 보는 이로 하여금 더 짠한 감동을 줄 것 같다.

반듯하지 않은 입술과 약간 기우뚱한 몸체, 겉면이 닳고 긁힌 듯해도 어려운 세월을 잘 견뎌내고 서 있는 복원 달항아리. 내가 이 작품에 끌린 이유는 백발이 성성한 어머니를 보는 듯해서다. 병이 깊어가는 걸 알면서도 돈 때문에 대장암 3기까지 병을 키운 노모. 완치 판정을 못 받은 몸을 끌고 아직도 농사일을 놓지 못한다. 평생 가부장적 권위와 이기심에 빠져 살던 남편의 그늘에서 일개미가 되어야 했다. 고단했던 시간들, 그 한 많은 세월이 기적의 항아리를 닮았다.

'달'은, 둘이 하나가 됨으로써 내 가슴에 들어왔다. 이지러진 듯하면서도 둥글고, 금이 선명하지만 서로를 단단히 붙잡고 앉아 있는 태가 어여쁘다.

'달'을 보고 나를 본다. 달항아리의 말 없는 말이 가슴으로 들어와 보름달로 뜬다.

무(無)

당일 모임 후기 격인 단체 카톡이 한창이다. 워드 작업을 하다가 어떻게 할까 망설인 끝에 폰을 든다. 사진 속 모습들이 즐거워 보인다고, 아직 다리가 불편해서 결석이 잦지만 다음엔 함께하겠다고 쓴다.

잡다한 대화, 누군가를 향한 화려한 수사(修辭)와 관심이 표 나게 많다. 관계의 틈이 조밀한 이들과 그 틈에서 적당히 어우러지는 사람들이 한 묶음이다. 이때 생각 밖의 회원이 끼어듦은 '시끄러운 침묵'을 만든다. 자정 무렵까지 댓글이 왁자하게 오갔으나 집행부조차 짤막한 답신이 없다.

무(無)에 대해 생각한다.

있지만 없음으로써의 무(無), 이즈음엔 이런 것들에 마음이 붙잡힌다.

어디에서는 있고, 어디에서는 실체 없는 존재로 추락해버리는 불편한 진실이 자존감을 흔든다. 그래서일까? 사람들 사이에서 출렁이는 눈빛을 감추며 괜찮은 척 감정을 추스르는 이를 볼 때 손이 움찔댄다. 거칠고 못난 손이지만 온기를 빌려주면 좀 낫지 않을까 망설이다가 쑥스러운 감정에 지고 만다.

아이돌을 꿈꾸며 오디션 장을 찾았던 이십대 후반의 청년은 잘 지낼까? 미남형 얼굴에 애써 관리한 몸을 자랑하듯 왕(王) 자(字) 복근을 내보이며 여심을 자극하던 그. 실력 등급 평가를 위한 음악이 흘러나오자 당당하게 춤과 노래를 선보였다. 순간 사람들 사이에 '어?' 하는 정적이 흘렀다. 어설프게 흐느적거리는 춤과 비포장도로처럼 안정적이지 못한 가창력, 아이돌을 하기엔 적잖은 나이임에도 준비되지 않은 채 도전한 그는 F등급을 받았다. 최하위 그룹 배정이다.

도전자 중 11명의 실력자를 최종적으로 뽑아 데뷔시키는 경연. 합숙기간 동안 실력 평가를 위한 과제가 결정되면 그룹별로 편곡 후 새로운 춤을 선보여야 한다. 마음대로 팀을 짤 수는 없지만 경우에 따라 우수한 성적의 출전자가 함께할 멤버를 선택할 권한이 주어지기도 한다. 경쟁에서 이기면 팀원 모두가 보너스 점수를 받고 그 중 1등에겐 추가 포인트가 생기니 구성원 결정에 신중을 기한다. 실력자가 아니었지만 혹시 하는 마음으로 기다리던 청년에겐 행운이 오지 않았다.

탈락에 대한 불안감과 부족한 실력에 대한 아쉬움이 교차하는 시간이 끝났다. 오디션은 계속되지만 이제 그의 순서는 없다. 도전자들 사이에서 자존감을 잃고 아파하는 시간이 끝날 때쯤 청년의 눈빛에 안정감이 깃들었다. 현재의 결과는 오롯이 자기가 만들었다는 것, 무엇보다 다른 도전자들이 치열하게 실력을 갈고 닦으며 여기까지 왔음을 보고, 듣고, 느꼈기에 웃음기 도는 얼굴로 돌아설 수 있지 않았나 싶다.

상처를 가진 사람은 타인의 상처를 쉽게 알아본다. 아이돌 자체에 관심이 없으면서 경연 본방송을 사수했던 건 자존감을 잃고 아파하는 '나'들을 접하는 치유의 시간이기도 하다. 좌절하고, 포기하며, 나약한 모습을 드러내는 이들에게 거부감을 보인 것은 스스로를 미워하는 마음의 표출이다. 그러다 어떤 계기를 통해 심기일전(心機一轉), 상위권으로 치닫는 몇몇 도전자를 보면서 가슴 뿌듯한 해방감을 맛본다. 있지만 없었던 존재들의 반란, 무(無)는 없음이 아니라 발견되지 못했던 것으로서 무(無)라 읽어낸다.

'카톡 방'의 일을 친구에게 얘기한다. 누구나 한두 번은 느껴 봤을 감정이고, 본인도 그렇게 무심했던 경험이 있었을 거라며 그녀가 콕 집어낸다. 기억나지 않지만 부인할 수 없어 슬쩍 입꼬리가 올라간다.

'미소 짓고, 손을 건네는 행위/그 본질은 무엇일까?/반갑게 인사를 나누는 순간에도/홀로 고립되었다고 느낀 적은 없는지?'

비스와바 쉼보르스카가 쓴 「나에게 던진 질문」이란 시의 서두 부분이다. 사람이 사람으로부터 느끼는 알 수 없는 거리감, 그것은 자기가 미리 책정해 버리는 마음의 거리 탓인 것 같다. 타인의 속마음이나 진실을 읽을 수 없으면서 아는 척하는.

늘 사람들과 한 걸음 떨어진 자리에서 타인을 읽고 존재감을 확인하고자 하지는 않았는지 물음표를 던지는 하루다. 있지만 없게 한 것, 있음이 드러나게 하는 것, 그러한 결과는 결국 자신의 몫이다. 철이 들어간다는 건 깊은 우물 속 같은 자신을 잘 들여다보고 행동할 줄 아는 지혜임을 잊지 말아야겠다.

조미순 삶의 지도:
작가의식과 가족애의 조화
박양근(문학평론가·부경대 명예교수)

조미순 작가를 찾아서

삶의 길만큼 수필의 길은 다양하다. 작가가 거쳐 오는 삶과
문학정신에 따라 수필 풍경이 달라진다. 그래서 '수필은 삶
의 기록이다'라는 말은 문학과 밀착되어 작가의 심중에 지
도를 만든다는 의미와 같다. 일본 근대문학의 기원을 살핀
가라타니 고진(柄谷行人)이 글쓰기를 풍경이라 했듯이 수필
은 작가의 내적 풍경을 그린 지도이다.

　조미순의 수필을 읽으면 삶의 풍경으로서 지도라는 확
신이 든다. 생의 풍경과 삶의 길을 자신의 언어와 이미지를

통해 서사구도로 엮어내려는 작가이기 때문에 더욱 그렇다. 첫 수필집『구부러진 못』에서 자아, 가족, 사물, 사회가 잔잔한 관조와 다감한 성찰로 풀려지고 있다. 작가의 모습을 쉽게 찾아볼 수 없지만 작품에서는 삶의 소리가 귀뚜라미의 방울 종처럼 투명하고 여운지게 울린다. 담담하게 생의 표상을 숨김없이 드러내며 몸을 숨긴 조미순 작가는 어디에 있는가. 그 작가를 찾아 나서는 길, 그만큼 수필 화자의 목소리는 맑고 잔잔하여 풍경으로서 서사가 그녀만의 아우라를 격조 있게 풍겨낸다.

작가의식의 개안과 몰입

조미순 수필의 본질은 관조한 사물에 자신의 삶을 투사시키는 데 있다. 작가는 문학 언어에 몰입할수록 삶의 정수를 오롯이 드러낸다. 글을 쓸 때면 평소의 일상에서 벗어나 자신과 타자의 존재에 물음표를 던짐으로써 "깊은 우물 속 같은 자신을 잘 들여다보고 행동할 줄 아는 지혜"(「무(無)」일부)를 얻으려 한다. 그 정신적 소출이 풍경다운 글을 완성시킨다.

작가가 된다는 것은 삶을 변화시키는 작업이다. 문학적 진정성을 추구하는 작가는 사물의 외형보다는 형상이 가진 의미와 기호성에 관심을 기울인다. 「몸의 언어」와 「내 안의 그 언어들」에는 생각하고 글을 쓰는 작가의 모습이 두드러진다. 작가적 변신은 글로 이루어지는 가장 감동적인 행위이듯이 그녀도 심야에 글을 쓰는 풍경의 주인공이 된다.

　　밤은 언어의 부표로 가득하다. 일상에서 내뱉지 못한 말들이 밤하늘 별처럼 떠올라 나를 잠의 부두에 정박할 수 없게 만든다. 그럴 땐 생각의 나룻배를 타고 부표 사이를 헤매곤 한다. 연실을 풀 듯 풀어내고 싶은 언어들. 그것들을 가슴에 가둬둔다는 건 만성체증처럼 답답하다. 하지만 '말하다'의 유희에 빠져버리면 헤어나기 힘든 중독성에 빠질까봐 '말없음표(……)' 거기에 나를 둔다.

　　　　　　　　　　　　　　　－「내 안의 그 언어들」 중에서

　　조미순의 문학적 변신은 비밀스런 일기장에 묻어두었던 언어들이 풀려지면서 시작한다. 글에 희열을 느끼지만 한때는 자신을 지탱해 주는 "언어의 부표"에 두려움을 갖기도 했다. 수필은 진실성과 문학성을 함께 지니므로 응축된 언어를 모색하는 가운데 "매일 말 무덤에 묻으며 작은 평화를 얻었다." 그런 가운데 문학은 마침내 그녀가 머무는 안식처이자 창작의 공소(公所)가 된 것이다.

　조미순의 수필 풍경은 세 단계로 이루어진다. 책읽기와 창작 노트와 본격적인 수필 쓰기이다. 독서라는 입서(入書)를 보여 주는 작품에 「책 안에서」와 「라디오를 켜놓고」가 있다. 전자는 단칸 셋방살이를 할 때 아이들을 데리고 버스를 타고 도서관을 오갔던 사연을 풀어낸다. '압축기 버튼을 누를 정도로 책을 읽었다'는 구절은 그때의 독서열을 묘사한 표현으로서 작가의 잠재력이 한눈에 표출된 문장이라 할 만하다. 후자에서는 책을 가까이하는 선비를 상상하며 "텃밭 딸린 시골집에서 소박하게" 문학과 만나기를 기대한다. 책에 대한 갈급한 심정은 표고버섯을 키웠던 집안 환경의 영향을 받고 있다. 독서와 문학에 대한 애착을 "종자를 뿌려 농작물을 키우고 싶은 농부의 마음"에 비유란 점은 삶과 문학의 결속을 예시하고 있다.

　두 번째 문학의 길은 「똥보 시첩(詩帖)」으로 형상화된다. 그녀의 창작 노트는 입서(入書) 다음에 이루어지는 출서(出書)

에 해당한다. 창작을 시작할 때 남자 손바닥만 했던 메모장이 추억의 단상과 나날의 성찰과 좋은 시를 적고 스크랩하는 동안 점점 두꺼워진다. 얄팍한 수첩이 마침내 그녀의 문학적 삶을 삭히는 항아리 같은 시첩으로 재탄생한다. 시첩은 "시간과 노력과 정성"의 결실인 만큼 그녀의 문학적 진로를 알려주는 중요한 좌표가 된다.

> 원래 두께보다 4배나 부풀어 오른 뚱보 시첩을 늘 곁에 두고 있다. 어쩌면 버려질 수도 있었던 다 쓴 수첩이 세상에 한 권밖에 없는 나만의 시첩으로 거듭난 게 감사하다. 시간이 흐르면 표지는 더 낡아지고 종이쪽이 너덜대겠지만 잘 손질해서 오래 두고 읽으려 한다.
>
> - 「뚱보 시첩(詩帖)」 중에서

「뚱보 시첩(詩帖)」은 그녀를 문학의 길을 안내하는 지도이다. "특별하게 귀하고 화려하며 마음을 움직"이게 해주는 정신적 유산으로서 작가는 자신의 삶을 탄탄하게 지켜 주리라 기대한다.

세 번째 과정은 본격적인 수필 창작이다. 조미순은 수필에 대한 헌신을 「약속은 진행 중」에서 다짐한다. 아이를 키울 때는 자신의 방을 원하고 방바닥에 엎드려 원고지를 채울 때는 시골집 하나를 갖는 것이 꿈이었다. 그런 현실이 "너저분했지만" 꿈은 싫지 않았다. 역설적으로 글을 쓰는 시간이 있어 아내와 엄마의 자리를 잊고 자신을 살필 수 있어 행복하였다.

나는 글쓰기를 독학했다. 게으름 탓인지 등단하기까지 십년이 걸렸다. 문예지에 완료 추천을 받던 해, 언니의 유택에서 한 약속이 있다. 좋은 글을 쓰는 작가가 되겠다고, 작품집이 나오면 언니의 무덤 한켠에 묻어 주겠다고…… 다시 초심으로 돌아가려 한다. 문학과 인연을 맺게 해준 언니에게 진심으로 감사한 마음을 전하고 싶다.
— 「약속은 진행 중」 중에서

조미순의 지도에는 외길이 뻗어 있다. 그녀가 걷는 문학의 외길은 종종 슬픔의 계곡을 지나지만 좌절의 눈에 덮이지 않고 실의의 바람에 흔들리지도 않는다. 그 길은 가족에 대한 애정으로 더욱 단단해지면서 마침내 등단 19년 만에 한 권의 수필집으로 가시화되었다. "제 작품집을 오래 기다려 오신 어머니께 작은 효도를 할 수 있어 무엇보다 행복합니다." 이렇듯 독백 같은 대화를 하고픈 조미순에게 수필은 자신을 찾는 길이면서 가족에 대한 약속이므로 낙타처럼 쉼 없이 걷는 것이다.

삶의 풍경으로서 가족애

조미순은 작가이기 이전에 평범한 인간이다. 딸이며, 아내이며, 어머니이다. 여자이며 작가라는 엄연한 현실 때문에 자신의 문학이 멈칫하지 않을까 걱정하기도 한다. 그래서 더욱 "글을 쓸 수 있는 자기만의 방"과 남편이 퇴직한 후 함께 살 수 있는 "그들만의 집"을 동시에 원했지만 현실은 순탄하지 못했다. 고단했던 두 길의 풍경은 그녀의 고백에서 엿볼 수 있다.

저는 한동안 자주 방을 비웠습니다. 아버지께서 급성
혈액종양으로 투병하시다 돌아가기까지 몇 개월, 무릎

수술로 제가 몇 주나 병원에 입원을 하고, 어머니의 병환
이 잦아지면서 입원과 퇴원을 반복하시는 이즈음입니다.
바쁘게 사방으로 뛰어다니느라 방을 잊고 지낼 때가 많
습니다. 모든 건 때가 있으니 다시는 환경을 핑계로 차일
피일하는 삶을 살지 않겠다는 다짐을 합니다.

- 「책머리에」 중에서

조미순과 그녀의 가족들은 환경의 영향을 받고 있다. 그
들은 버섯재배를 하고 참나무 벌목을 하는 가족이다. 청송과
안동을 거치면서 버섯용 참나무를 벌목하는 작업을 소개하
는 「숨」은 실은 가족 간의 애정을 바탕으로 하는 가문 이야
기이다. 힘겨운 벌목 일을 멈추고 잠시 쉬도록 해주는 이름
모를 산새는 죽은 가족과 남은 가족을 서로 그리워하고 위
로해 주는 역할을 한다. 톱질 소리가 울리는 겨울산 풍경이
작가의 눈빛에 의해 감성적인 문체로 전달된다. 조미순의 잠
재된 감수성이 드러난 부분이랄까. 참나무를 전기톱으로 잘
라 산 아래로 운반하고 트럭에 실어 농장으로 운반하는 일
에 바쁜 가족들이 새에 관심을 두는 이유가 「숨」의 내적 구
조를 형성한다.

"전기톱 소리가 들리자 그놈이 또 날아왔어. 오늘은 땅
바닥에까지 내려앉더라." 배 부분이 희고 얼굴 주변은 붉
은색 깃털의 새 이야기를 들었다. 어머니는 나무 베는 작
업이 시작될 무렵부터 끝나는 날까지 작은 새가 찾아들
었다고 했다. 아침에 산에 올라 전기톱을 쓰면 기다렸다
는 듯이 날아와 일터를 맴돌았다. 처음엔 우연인가 했다
가 녀석이 매번 출석하자 노모는 차츰 녀석을 기다리게
되었다. 새가 가까운 나뭇가지에 앉아 꼬리를 까딱대면
다들 일손을 멈추고 웃음꽃을 피우곤 했다.

                                          -「숨」 중에서

    가족들은 죽은 언니의 혼이 새가 되어 가족들의 안전을
지켜 준다고 믿는다. 언니 영혼의 환생은 "부모형제 가슴에
못 박고 떠난 년"이라 했던 어머니가 비바람에 풍화된 묘비
를 보듬으며 오열하는 극적인 장면에서 드러난다. 죽은 누군
가가 보고 싶으면 새들의 지저귐조차 예사롭지 않게 들린다.
문학은 어쩌면 달빛 한 줄기, 낙엽 하나, 꽃 한 송이와 같은
소재를 감성의 단지에 넣은 것과 같다. 이론과 달리 그 형상
화를 이루어내기는 쉽지 않지만 조미순은 겨울새로서 어머

니의 숨겨진 한을 미학적으로 잘 풀어내었다.

아버지에 대한 조미순의 회상은 집과 괘종시계로 전달된다. 해방 직후의 시대를 살았던 아버지는 "자유로운 삶을 구가"하기를 원했었다. 현 시대에는 이해하기 어려울지도 모르지만 그 당시의 젊은 남자들은 시대의 질곡을 벗어나기 어려웠다. 그 아버지가 가정으로 돌아와 집을 팔아 빚을 청산한 후 문중의 농지 관리인으로 산속으로 들어갔다. 이제 아버지가 원하는 것은 가족들을 위한 집을 갖는 것이다. 「둥지」는 작가의 시선으로 집을 가진 아버지의 삶을 펼쳐낸다. 표고버섯 재배, 나이 여든에 당한 사고와 입원, "구색을 갖춘 한옥을 마련했을 때"의 모티프들은 세상을 떠난 아버지를 회상하는 상념의 고리들이다.

아버지의 삶을 형상화한 대표작은 「괘종시계」이다. 폐가의 벽에 온전하게 걸린 괘종시계는 태엽을 감아 주면 이내 되살아날 것처럼 생생하다. 무너진 집에 홀로 남아있는 시계의 표정은 곡진한 삶을 마감한 아버지의 모습을 떠올려 준다.

아버지로서는 오래 앓는 어려움을 겪지 않았고, 가족들은 최선을 다할 기회가 있었기에 아쉽지만은 않다. 입관 절차 속 아버지는 편안해 보였다. 어머니가 길쌈을 해 만들어 준 안동포 수의를 폼 나게 입고 병마의 고통을 잊은 얼굴에는 긴 잠이 한껏 나래를 펴고 있었다. 나는 손싸개에 가려진 아버지의 찬 손을 잡고 마지막 인사를 했다. 아버지만의 방식으로 주신 사랑, 무뚝뚝함 속에 들어 있던 정을 깨닫고 있었으면서 다정한 딸이 되지 못해 죄송하다고.

- 「괘종시계」 중에서

    괘종시계는 아버지와 가족 간의 화해와 마지막 전송을 들려준다. 시간을 알려주는 보통 시계는 계속 앞으로 움직인다. 작가도 자신의 인생엔 햇살이 아직 남아 있고 삶도 진행 중임을 잊지 않는다. 그래서 "앞서의 삶보다 잘 살아내는 일"이 그녀가 해야 할 일이라고 새삼 다짐한다.

    작가의 가족애는 어머니에게서 절정을 이룬다. 작가가 어머니에게 각별한 감정을 갖는 이유는 평생 자식을 위해 일하고 희생했기 때문이다. 촌집을 수리하고 농사일을 하고 바느질을 한다. 두 다리가 굽고 손가락이 구부러지고 딸 하나를 앞세웠을 지라도 좌절하지 않았다. 그 노력은 바늘에 찔린 핏빛 손가락과 휘어진 손가락과 같은 신체로 표현된다. 풍경이란 항상 아름다운 것만이 아니다. 30년 묵은 촌집도 노인의 기형적인 신체도 살아가면서 만나는 풍경 중 하나이다. 어쩌면 조미순은 온전한 것보다는 부족하고 상처 입은 사람과 사물에서 문학적 진경(眞景)을 찾으려 했는지도 모른다.

어머니의 몸을 다룬 작품으로 「구부러진 못」과 「골무」가 있다. 후자는 세탁소집 아낙이었던 어머니의 바느질을 소재로 하면서 '세탁소, 짜깁기, 알전등, 감'이라는 사물이 지닌 기호성을 분석한 글이다.

「구부러진 못」은 표제작으로서 어머니의 일생을 투사하고 있다. 어머니의 삶은 가족을 위한 희생이었다. 어머니에 대한 연민과 자식으로서의 도리로서 15년간 일을 하여 부모에게 집을 사드렸지만 부족하였다고 여긴다. 마침내 적절한 몸말을 찾아내었고 구부러진 못으로 형상화한다. 「숨」이 가족 전체를 다룬다면 「구부러진 못」은 어머니에게 초점을 맞추고 있다.

노모의 손을 한참 보고 있자니 구구절절한 인생의 편

지를 읽는 기분이다. 세탁소집 아낙으로 살 때는 손님의 빨랫감이며 짜깁기로 터지고 갈라진 손을 하고 있더니 표고버섯농장을 하는 지금도 마찬가지다. 버섯을 따고, 고르고, 종균 넣는 일로 손끝은 만신창이다. 특히 몇십 개의 작은 구멍을 뚫은 참나무에 종균을 눌러 넣는 작업은 검지손가락을 많이 쓴다. 매해 봄 보름 동안의 일이 끝난 후엔 생손앓이를 하듯 통증으로 고생한다. 팔십 세가 넘도록 살아온 세월이 이와 같으니 노모의 휘어진 손가락은 시간이 그린 곡선이다.

- 「구부러진 못」 중에서

조미순은 어머니가 혈액 종양치료를 위해 원주로 갈 때 비로소 굽은 손을 눈여겨보았다. 어머니에게는 성한 곳이 별로 없다. 딸 하나를 일찍이 가슴에 묻었고 남편은 저 세상으로 떠났다. 팔은 30도 가량 굽었고 두 다리는 휘어졌고 잡채조차 제대로 젓가락질을 할 수 없을 정도로 손가락도 휘었다. 봉침을 맞을지언정 자식들에게 제 처지를 알리지 않는다. 어머니의 모습과 태도는 옷에 숨겨진 못과 같다. 못이 구부러졌음은 더더욱 짐작하기 어렵다. 이것은 부모와 자식 간의 관계와 비슷하다. 못이 굽어진 것은 노모가 자식을 키우면서 얻은 것이지만 자식은 늘 늦게 알아차린다. 그래서 조미순은 「책머리에」에서 "작품집으로 어머니께 작은 효도를 바치고 싶다"는 헌정의 구절을 빠뜨리지 않는다.

작가와 남편과의 다정다감한 관계는 집으로 은유된다. 조미순은 늘 "촌집에 몸담아 살고픈 꿈"을 가지고 있다. 최근 열 평이나 줄인 아파트로 이사한 일 때문에 그 꿈은 더욱 간절해진다. 이것이 그녀가 바라는 "황혼의 풍경"으로서 「집게의 꿈」에 고스란히 담겨진다.

> 집게의 꿈은 소박하다. 커져 가는 몸에 맞춰 집을 바꾸는 행위가 생존을 위한 선택인 만큼 나의 결정에도 욕심이 비워진다면 작은 여유가 기다리고 있을 것 같다. 남편과 나의 공간으로 안착한 곳, 20평대의 아파트에서 만족하는 법을 배운다. 자녀들이 가족과 동행해 오면 비좁은 대로 끼어 자는 것도 괜찮은 추억의 한 장면이 되리라. 잠들기 전까지 그동안 못다 나눈 얘기들을 풀어내노라면 밤이 짧을 것이다.

> – 「집게의 꿈」 중에서

집게처럼 작가는 분수에 맞는 집을 원한다. 에둘러 말하는 "마당 있는 집"은 텃밭과 장독대와 바지랑대와 쪽마루가 있고 삶은 감자를 먹을 수 있는 곳이다. 여기에 '현재 진행형'인 두 꿈이 교차한다. 그것은 글과 집으로서 정신적 육체적 둥지 역할을 각각 담당한다. 작가는 그것들을 "아직도 진행형이다"라고 현재 시점으로 반복함으로써 강력한 동력을 구하려 한다.

사물에 대한 시선과 해석

사물을 지켜보는 조미순의 시선은 맑고 깊다. 가족사를 다감하게 기록하면서도 사물이 지닌 속성에 깊은 성찰의 시선을 잊지 않는다. 철학적 탐구나 비판적 논조보다는 주변에 있는 것들의 의미에 더 많은 관심을 기울인다. 그런 성향은 산판 작업과 맞벌이 생활에서 얻은 열린 심성 덕분일 것이다.

사물에 대한 인식은 무(無)에서 시작한다. 「무(無)」는 존재하지만 "보이지 않는 것처럼 보이는" 실체의 존재성을 인식해 가는 과정을 적은 글이다. 미미할지라도 "실체 없는 존

재로 추락해 버리는 불편한 진실"을 회복시켜 주려는 작가
의 노력은 본인에게서 시작한다. 조미순은 이미 「쪼그려 앉
고 싶다」에서 오른쪽 무릎뼈 수술을 받은 후 제대로 쪼그릴
수 없는 자신을 안타까워했다. 그녀가 원하는 것은 마음껏
걷는 것이 아니라 그냥 쪼그려 앉는 편안함이다. 보통사람에
게 쉽기만 한 그냥 "마음 편하게 쪼그려 앉는 것을" 조물주
가 내리는 귀한 선물로 여기는 연장선에서 그녀는 말라가고
그늘지고 상처 입은 것에 더 많은 애정과 관심을 기울인다.
그 사물관이 반영된 대표작이 「달을 보다」이다.

　　반듯하지 않은 입술과 약간 기우뚱한 몸체. 겉면이 닳
　　고 긁힌 듯해도 어려운 세월을 잘 견뎌내고 서 있는 복원
　　달 항아리. 내가 이 작품에 끌린 이유는 백발이 성성한
　　어머니를 보는 듯해서다. 병이 깊어가는 걸 알면서도 돈
　　때문에 대장암 3기까지 병을 키운 노모. 완치 판정을 못
　　받은 몸을 끌고 아직도 농사일을 놓지 못한다.

　　　　　　　　　　　　　　　　　　　　　－ 「'달'을 보다」 중에서

　　제재는 가마에서 굽히는 동안 일그러진 백자 대호이다.

기우뚱한 몸체가 어머니의 몸을 떠올려주므로 경건하고 사려 깊은 심성을 전달하기 위해 경어체를 구사한다. 사물과 작가 간의 좁은 심미적 거리도 연민이라는 비극성을 나타내기에 적합하다.

「나무, 초록으로 눕다」와 「은행나무」는 나무에 대한 2부작이다. 전기톱에 쓰러지고 재선충에 희생되고 도시 오염에 시달리는 가로수에 대한 공경심의 표현은 나무가 아궁이에서 불태워지는 장면 묘사에서 절정에 다다른다. 작가는 나무의 심정을 '소신공양'이라는 종교적 언어로 표현한다. 나무와 산이 지닌 "한없이 주고자 하는 마음"과 인간의 무심함을 서로 대비시킨 글쓰기는 생태주의 비평에서도 주목을 끌기에 충분하다.

집에 대한 작가의 꿈은 「한 평」에서 드러난다. 그녀에게 한 평의 땅은 재산 소유의 척도가 아니라 행복해질 수 있는 마음의 여유를 지칭한다.

'한 평', 백발의 억새꽃들에겐 용돈을 마련하는 공간으로, 어떤 사람들에게는 생계의 터전으로서 숨통을 틔게 해주는 공간이 된다. 꿈에 다가가려는 자에게는 간이역 역할을 하고, 주머니가 가벼운 이에겐 최소한의 의식주 해결 장소도 된다. 또한 영혼의 옷인 몸을 마지막으로 갈무리하는 데도 부족함이 없다. '한 평'은 작다. 하지만 적당한 비움과 채움의 공간으로서 행복을 싹틔우기엔 넓다.

– 「한 평」 중에서

한 평은 작지만 마음먹기에 따라 넓어지기도 한다. 작가는 얼마만큼 비우고 채울지는 각자의 몫이라고 말한다. 짧은 인생길에서 비움의 여유를 터득한 사람은 행복할 자격이 있다고 믿는 조미순은 사람들의 생활을 유심히 그러나 다정하게 지켜본다. 아파트에서 벌어지고 있는 경비원과 주민 간의 분쟁을 「네 편, 내 편」으로 다루고 공원 놀이터에 모인 노인들의 한가한 일상을 「시간의 그늘」에서 그려낸다. 이런 이야기는 작가가 삶의 풍경 속으로 유령처럼 들어가 살펴본 결과이므로 사실 이상의 진실성을 내포한다.

사물과 사람에 대한 작가의 관심은 「선」에서 시작하고 마무리된다. 세상은 여러 형태의 선으로 이루어져 있다. 직선과 곡선, 굵거나 가는 선, 길고 짧은 선, 실선과 점선이 다양한 형상을 만들어내고 심지어 우주도 그려낼 수 있다. 사람들은 선으로 이루어진 각자의 공간 안에서 자신의 선을 찾아간다는 설명은 사물 읽기에 대한 작가의 역량을 고스란히 보여 준다.

삶이란 건 개인이, 혹은 사회가 그린 선들의 조합에 자신을 맞춰 가는 여정인 것 같다. 사람들은 삶의 여백에 여러 형태의 선을 그리고 모양을 만들며 인생을 스크랩한다. 그렇게 형태를 이룬 것은 꿈이거나 계획이거나 잘 짜인 일상으로 불린다. 틀에 맞추는 것, 선을 지키는 것이 우리를 반듯하게 만들고, 풍요롭게 하겠지만 일탈·권태·반항 혹은 자만심은 그것을 깨뜨리기도 한다.

－「선」 중에서

조미순은 선을 두 점이 잇는 기하학적 개념이 아니라 서로가 지켜야 할 사회관계로 풀이한다. 선이 지켜 주어야 할 예법이라는 것이다. "삶이란 선의 조합이다"라는 그녀의 말은 인간에 대한 작가의 기대치를 보여 준다. 선을 따르면 삶이 행복해지고 선을 벗어나면 개인과 사회가 불행에 빠진다는 그녀의 담론은 비판적 논리보다는 동양적 중용을 따르고 있다. 조미순의 수필도 '선으로 글자 쓰기'라는 진실을 바탕으로 하고 있는 것이 아닐까 싶다.

'글자의 곳간'을 열며

조미순의 『구부러진 못』은 작가의 인생과 주변사람들의 삶을 합친 풍경화로서의 글쓰기이다. 그녀의 과거가 가족에 대한 이야기라면 현재는 만개를 앞둔 작가의식이며 미래는 그녀가 이루려는 소박한 세계이다. 미래로서 꿈은 수필과 시골집과 가족의 행복으로 이루어진다. 그녀가 완성하려는 행복지도는 이런 세 겹의 풍경으로 이루어진다.

시든 수필이든 문학이 추구하는 것은 끊임없는 자기성장이다. 한 권의 책을 읽음으로써 자신을 재인식하고 한 편의 수필을 씀으로써 새로운 자아를 형성한다. 문학과 인생관의 호환성이 수필의 본질이라면 조미순은 그 진실을 실천하고 있다.

조미순은 자신의 삶의 지도책을 『구부러진 못』으로 묶었다. 그녀가 그려내고 밟아 가는 지도는 삶이라는 위도와

문학이라는 경도로 표기되고 작가의식과 가족애라는 이원
색으로 도안된다. 그녀의 삶과 문학이 상호 호혜적인 감화를
주고받는다는 뜻이다. 이것이 열아홉 해 만에 '글자의 곳간'
을 연 작가의 수필시학 그 자체라 하겠다.